KB000782

과분한 사랑 주심에
항상 감사드립니다!

GARBAGE TIME

DASAN
COMICS

매일매일 새로운 재미, 가장 가까운 즐거움을 만듭니다.

한국을 대표하는 검색 포털 네이버의 작은 서비스 중 하나로 시작한 네이버웹툰은 기존 만화 시장의 창작과 소비 문화 전반을 혁신하고, 이전에 없었던 창작 생태계를 만들어왔습니다. 더욱 빠르게 재미있게 좌충우돌하며, 한국은 물론 전세계의 독자를 만나고자 2017년 5월, 네이버의 자회사로 독립하여 새로운 모험을 시작하였습니다.
앞으로도 혁신과 실험을 거듭하며 변화하는 트렌드에 발맞춘, 놀랍고 강력한 콘텐츠를 만들어내는 한편 전세계의 다양한 작가들과 독자들이 즐겁게 만날 수 있는 플랫폼으로 거듭나고자 합니다.

#08
가비지타임
글·그림 2사장
WONJOONG
11
TIME

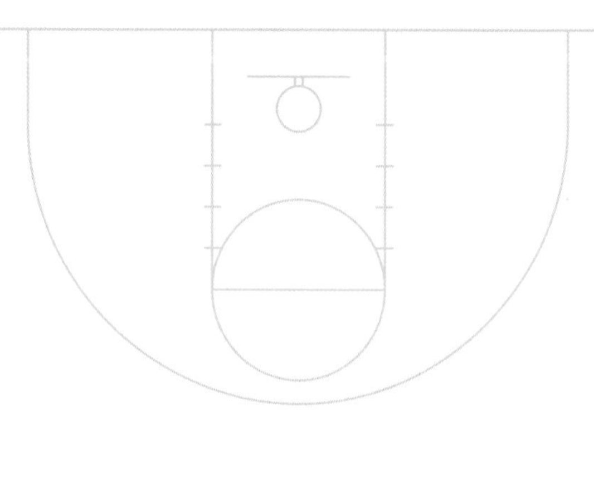

WONJOONG
HIGH SCHOOL

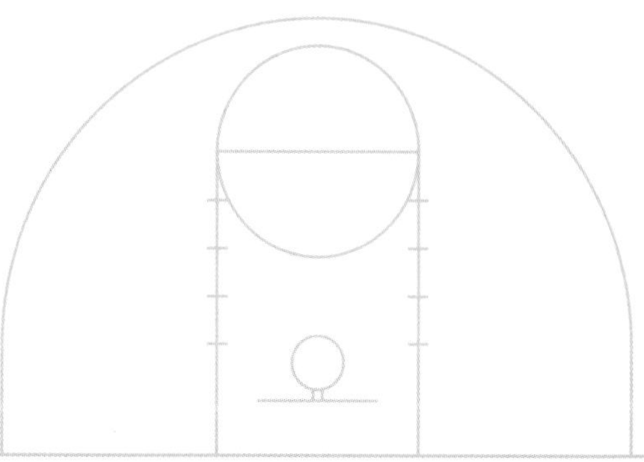

CONTENTS

GARBAGE TIME

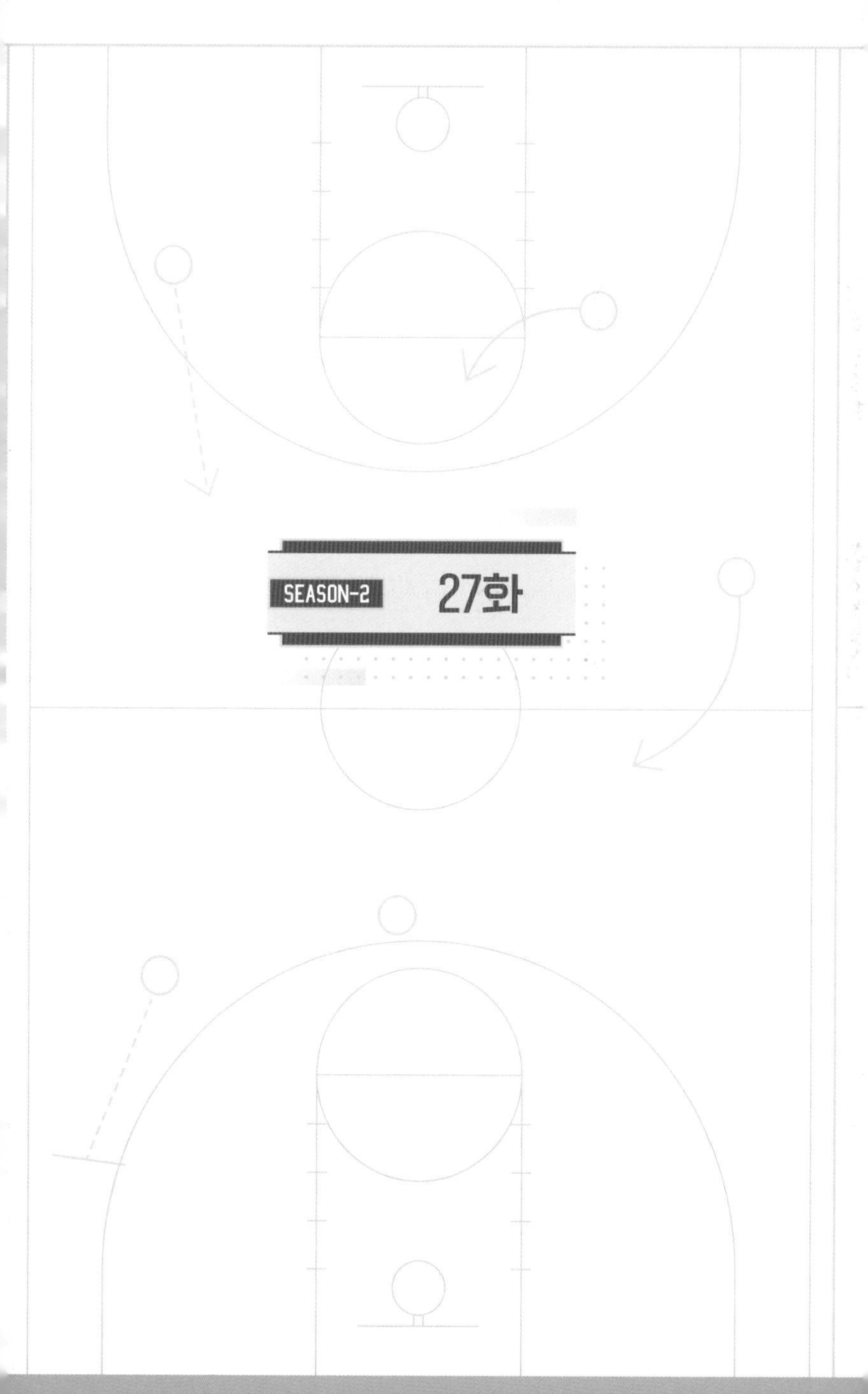

SEASON-2 27화

GARBAGE TIME

…
뭔데요?
아까처럼
피하지 말고
니 힘닿는 데까지
최대한으로
뛰어올라서

**끝까지 팔을
뻗어봐.**

끝.
그게
끝이에요?
와?

아니…
그런 식으로
7번 막으려고 했다간
무조건 파울
나온다고요.
7번은 저보다
타점이 높아서
블록을 할 수가 없어요.
파울이라도
하면 되지.
언제는
파울하지
말라면서요.
내 언제 파울하지
마라 했는데?
퇴장당하지
마라 했지.
영리하게
파울 네 개까지만 쓰고
경기 끝내는 게 좋다는 건
저도 아는데
그게 말처럼
쉽지 않다고요.
아 그럼
딱 이래 말해줄게.

오늘 나가서
퇴장당해도
뭐라 안 한다.
됐나?

이대로만 하면은
저 7번

오늘 니가
이길 수 있다.

아 왜
또 똥 씹은
표정인데?
니 말마따나
어렸을 때부터
농구 한 놈이라
못 이길까봐?

이거 아까
얘기할라다
말았는데
7번 점마

니처럼 작년에
농구 시작해서
1년 유급했다 하대.

거,
거짓말하지
마세요.

감독님
말씀이 맞다.
우리도 아까부터
긴가민가했는데
저 7번
우리 예전에 쫌
멀리 나갔을 때

대회에서
마주쳤다
아이가?

말도
안 돼….

그
쪼매난 놈…!?

그땐 내가 완전
박살 냈었는데…!

울 태성이
우야노?
인제 도망갈 데가
다 사라져뿟네.

…
감독님.

감독님
말대로 하면

이번엔
진짜로

**이길 수
있는 거죠?**

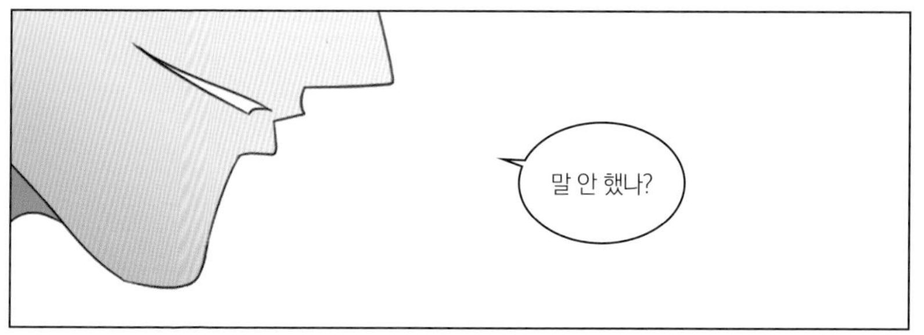
말 안 했나?

내 농구론
거짓말 안 한다니까.

쳇

아 맞다.

그리고
내 은재한테
물어봤거든?

야구부 응원은
자주 가던 거 같던데
와 우리한테는
안 오냐고.

대회 결승 정도
올라가야
온다 하대.
은재 먼저 졸업하기
전에 결승 함
가야 하지 않겠나?

……
어디서
이상한 얘기들
듣고 오시나
했더니…
걔한테
이상한 얘기는
하지 마요.

벌써
니 발냄새 졸X
심하다고 얘기
다 했는데?
에휴,
재미 하나도
없거든요?

04 : 52
신유고 지상고
4
56 : 49

진다는 거는
너무 싫고
고통스러운 거라

JISANG
23

13

도망치는 녀석이
있는 반면에

맞서는
녀석도 있다.

그래도 뭐,
두 쪽 다 싫다는 말은
아니고.
지는 게
고통스러운 만큼
이기고 싶다는
마음이 강하다는
뜻이거든.

그래도
한 번쯤은

니가 맞서는
모습이 보고 싶다,
태성아.

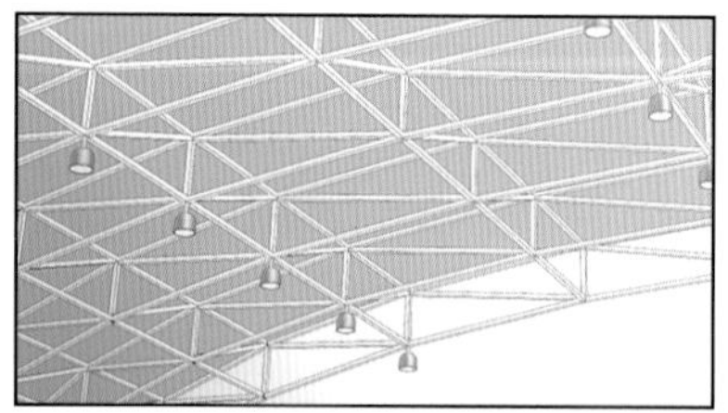

야.
오래 쉬다 나왔는데 앞으로 2분 정도는 제대로 뛸 수 있는 거지?
여물고 농구나 해라, 제발.
JISANG
7

인마는 내 기억 못 하나?

그때 나름 잘했었는데.
뭐 차라리 다행인가….
23

온다!

탕

탕

파앗
헉
찬스다!

에이씨…!
꽂아버려!

삐익

아!!!
앤드원 까비~!!!
태성 햄! 괜찮다! 자유투 줘도 돼!

님 이제 파울 세 개임.
아! 안다고!

점마가 제대로
뛰어오르고 나면
파울 말곤 답이 없다.

도움닫기할
공간을 주면
안 돼…!

자유투 1구
실패!

괜찮아.
자신 있게 던져.

휙
팅
2구까지
실패다!
멀리 튄다!
박스아웃!
리바!
텁

아니 씨…!!!

아싸!!!
개꿀!!!

또 들어온다!

염병…!
파울이라도…!
JISANG

파앗

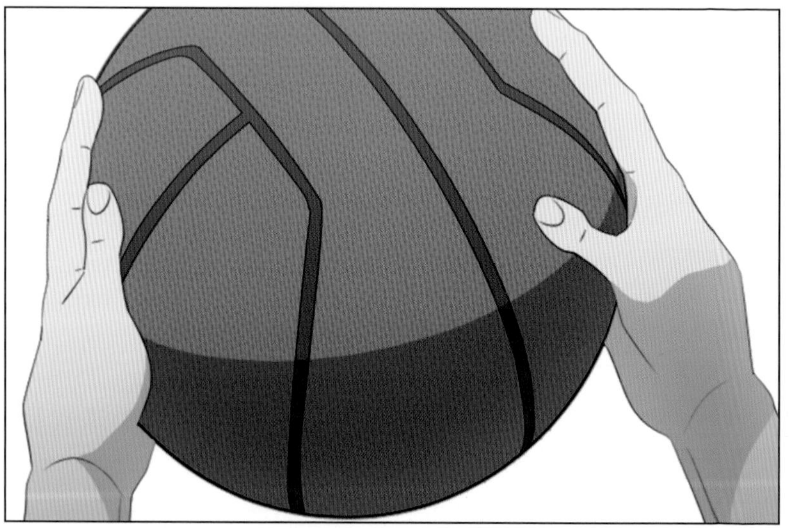

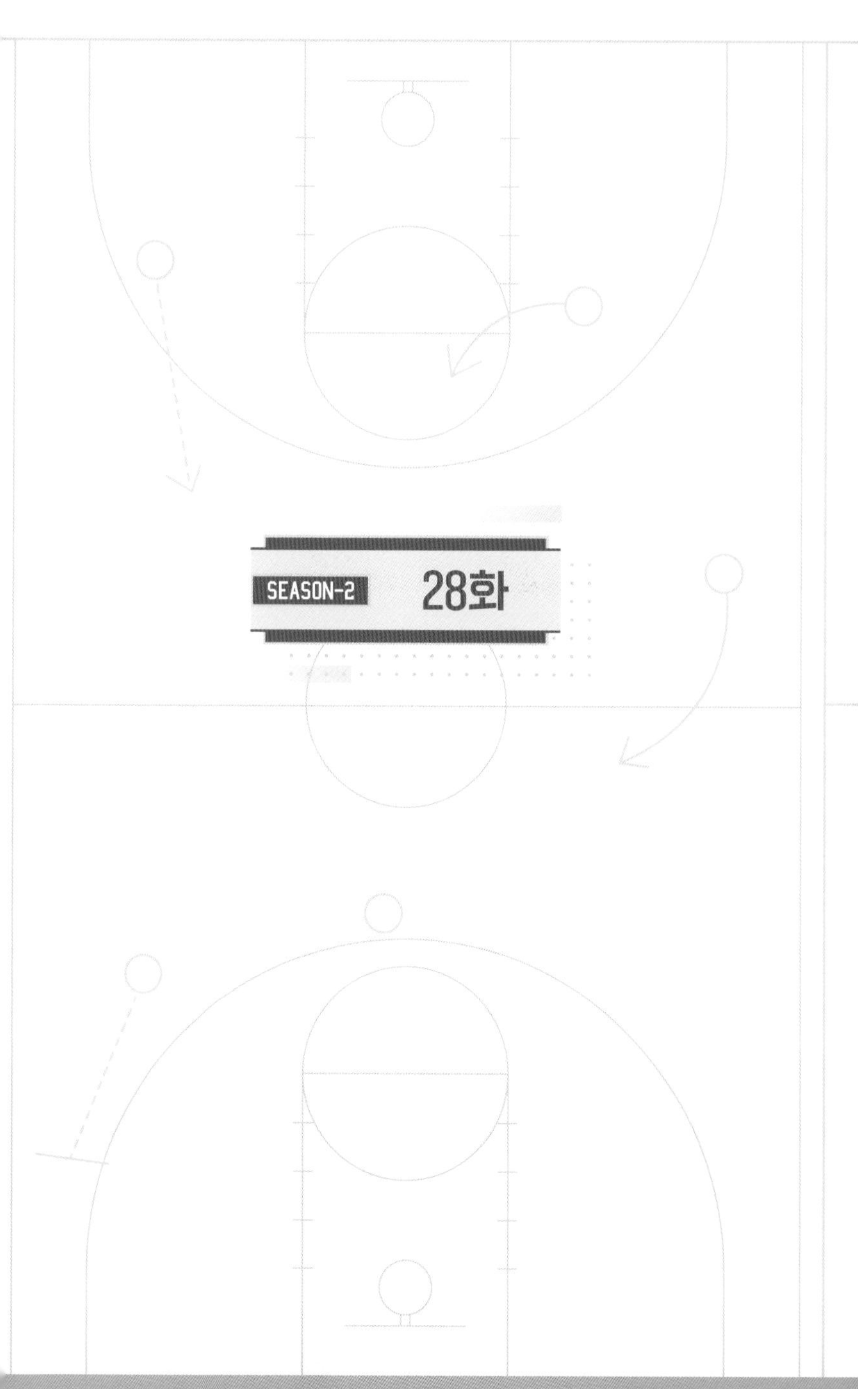

SEASON-2

28화

GARBAGE TIME

자, 자.
다음
순서는
맥스 버티컬 리치
측정.
빠세잇!!!
타
앗

마! 살살 치라고!
다 때려 뿌술라고
작정했나!?
오오, 역시.
다은 햄보다
몇 칸은 더 높이
치네.
어, 행님.
내다.
어,
무슨 일이야?
별거는
아이고.
행님 프로 드래프트
지원자들
신체 측정하는 거
몇 번 해봤제?
드래프트 컴바인?
한 지 몇 년 됐지.

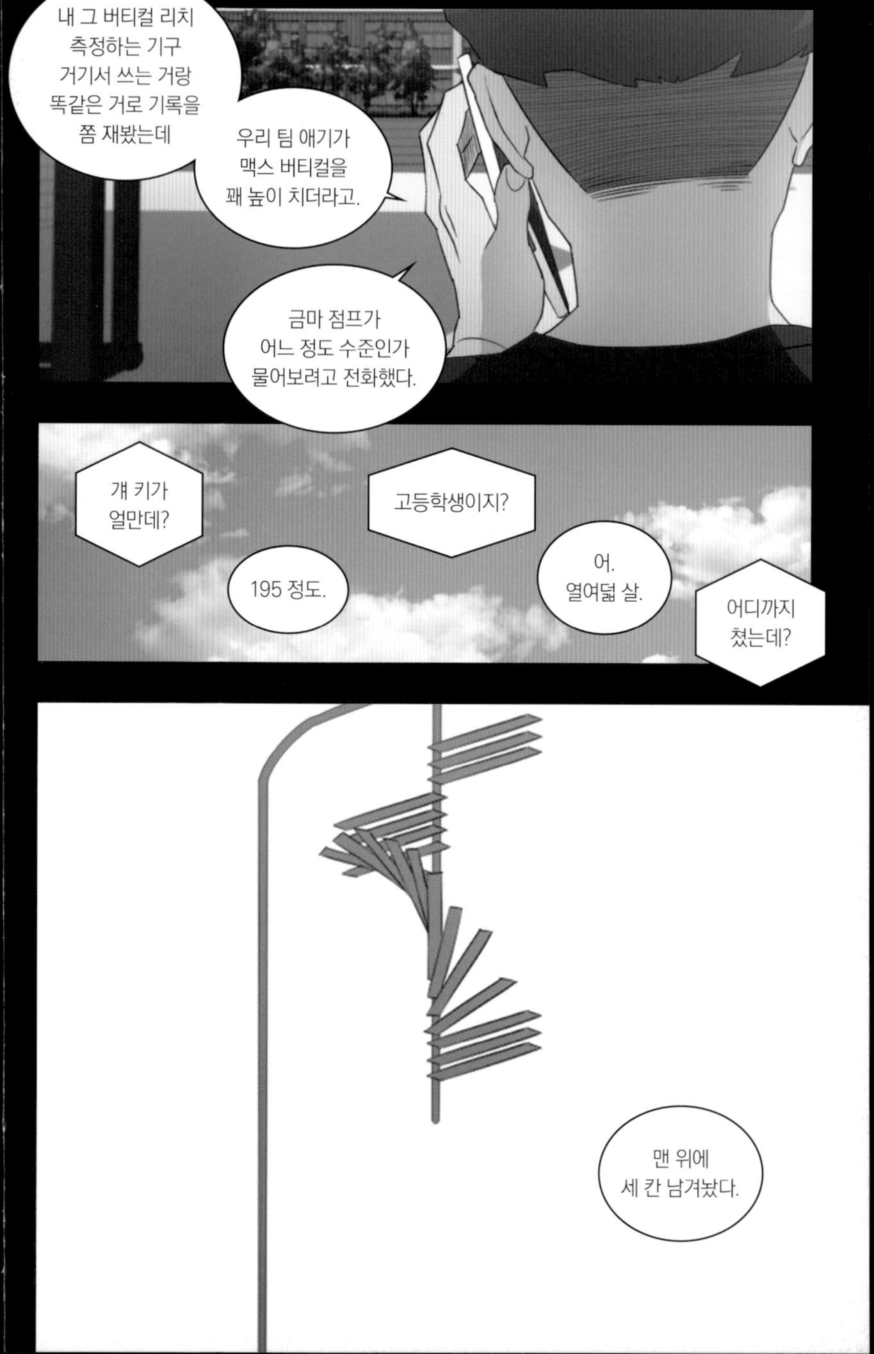

내 그 버티컬 리치 측정하는 기구 거기서 쓰는 거랑 똑같은 거로 기록을 쫌 재봤는데

우리 팀 애기가 맥스 버티컬을 꽤 높이 치더라고.

금마 점프가 어느 정도 수준인가 물어보려고 전화했다.

걔 키가 얼만데?

195 정도.

고등학생이지?

어. 열여덟 살.

어디까지 쳤는데?

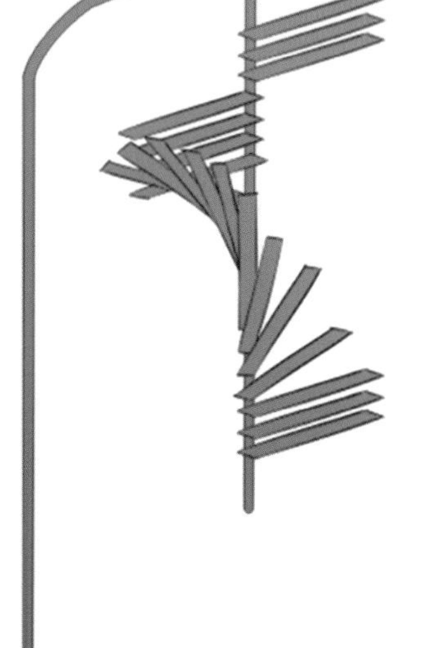
맨 위에 세 칸 남겨놨다.

흠…

너 뭐
잘못 측정한 거
아니야?

그게 높이 조절이 3단으로 되는데….
누굴 바보로 아나, 그 단순한 거를…
현성아. 그 기록은

여태 내가 직접 측정한
국내 선수 중에

**가장 높은
기록이야.**

우물 안에만
있어봐서
몰랐나보구만.
지가 개구리인지
아니면
용 새끼인지.
패스!
볼 잡아!

속공!
나이스!
03 : 32
유고 지상
4
56 : 53

거의 다
따라잡았어!
이요오오올~!!!
태쓰이
이 짜슥~~~!!!
덩크를
블록하다니~!!!

와… 고등학교 경기에서 덩크를 블록하는 걸 보게 될 줄은…
23번의 높이가 신유고 7번한테 전혀 뒤지지 않는데요?
아니 어쩌면…

그 이상일지도 모르겠어요.

블록당한 적이야
셀 수 없이 많지만
방금은 내 최대한으로
점프한 거였는데

그걸
고작 한두 걸음
도움닫기해서
막아낸다고…?

웃기지 마.

나보다
높은 놈은
있을 수가
없어!
커헉!?
이번엔
7번이 블록!
볼!
볼 잡아!
엄청난
공중전이야!
그렇지!
탁

샤클락 아직
충분해!
다시 침착하게
하나 가자!

아 씨,
이게 걸리네….
엔간한 높이가
아니면 점마 블록에
거의 다 찍히겠는데.

……
근데
만약에

아까
속공 때처럼

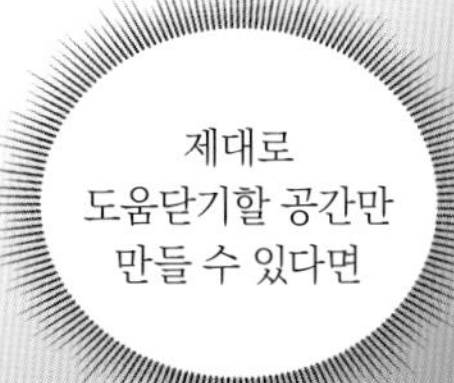
제대로
도움닫기할 공간만
만들 수 있다면

적어도 파울은
얻어낼 수 있는 거
아인가…?

경기장 질서문란 행위근절

왜 저기까지
나가는 거지?
슛도 없는 주제에.

스크린인가?
의료지원
태성이.

공부도 잘하는 놈
괜히 운동시킨 거
아닌가 어머니가
걱정 많이 하시더라고.
농구부에서
맨날 태성이 안 왔다
없어졌다 연락 와서

농구 그래 할 거면
하지 마라 얘기해도
그건 또 안 된다고
매번 내일부터는
열심히 하겠다 했다면서?

뭐… 어쨌든
걱정하지 마시라고
말씀드려놨다.

수능 만점자도
매년 몇 명씩 나오는데
평균 90점이 대숩니까?

그때 시험도 쉽게
나온 편이라 하더만

우리 태성이는

전국에서
제일 높이 닿을 수 있는
녀석인데.

잘라
들어온다!

확실히
태성이 니는
항상 내 기대
이하였지.

니한테 거는 기대가
무진장 컸거든.

우리 팀에서
제일 높은 천장을
가지고 있는 녀석이니까.

그러니까
꼭
니 힘닿는
데까지

최대한으로
뛰어올라서

끝까지 팔을
뻗어봐.

니 천장에
손이 닿을 때까지.

맞고…

뒈져버려!!!

콰앙

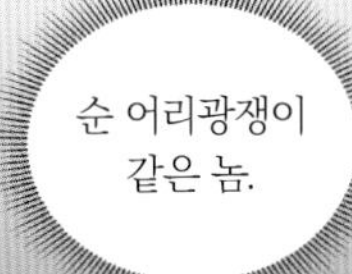
순 어리광쟁이
같은 놈.

여기 있는
모두가
부러워할 만큼

사랑받고
있는 줄도
모르고.

앤드원!!!
JISANG
23
02 : 53
유고 지상
4
56 : 55

GARBAGE TIME

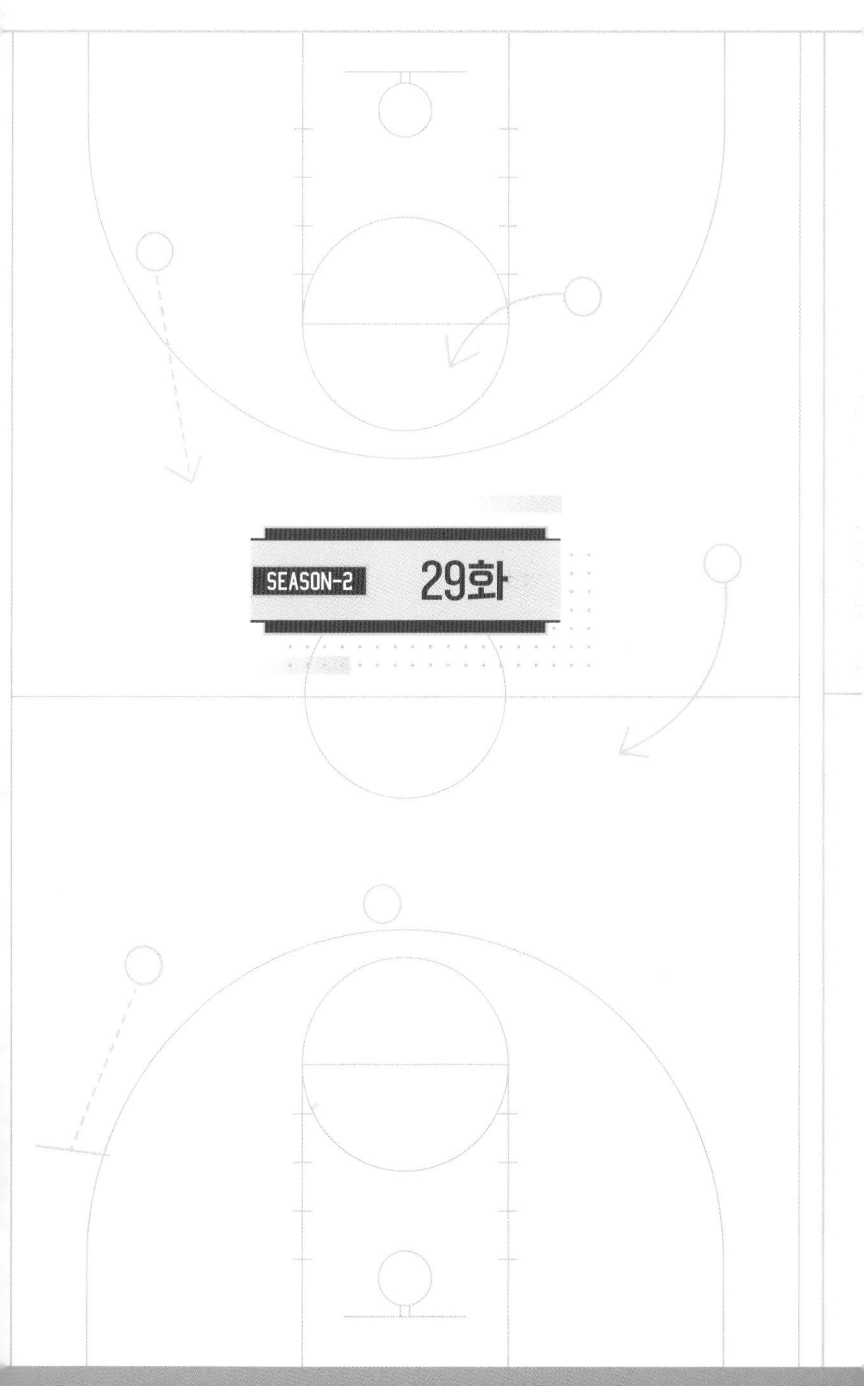

SEASON-2

29화

GARBAGE TIME

추가 자유투
1구!

아,
길다…!

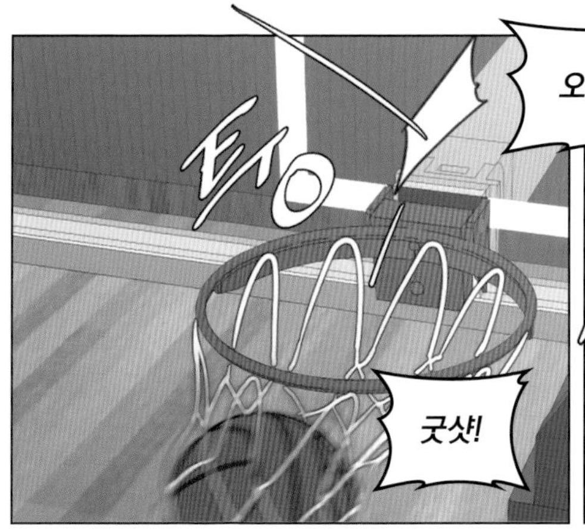
텅
굿샷!

오케이!
짝
짝

태성 햄
나이스!

완벽히
계산된
뱅크슛!

이제
동점이다!
4
56 : 56
젠장…
23번이 다시 나온 뒤로
제대로 득점이
안 되고 있어.

어떻게든
해내야 돼…!

돌파!?

패스다!
창현아!
그냥 올라가!
안 돼….

이 자식 블로킹이
엄청 높단
말이에요…!

무작정
올라갈 수가…

스틸!
아아악!
뛰어!

패스!

촤악

나이스!
02 : 25
신유고 지상고
4
56 : 58

역전이다!

신유고 대체
몇 분째
무득점인 거야?

신유고 턴오버가
너무 많은데요?
실점도 대부분
턴오버 때문에
쉽게 주는 것들이에요.

12번은
이 대 이 말고
할 수 있는 게
없는 건가?

그 이 대 이마저
처음 같은 효율은
나오지 않고 있는 상황….

신유고도
참 안됐군.

팀에 믿을 만한
포인트가드만 있었어도
쉽게 이길 경기였는데.
SY
12

시간이 벌써…
01 : 01
유고 지상
4
56 : 58

이번 공격마저
실패하면
정말 위험해.
SY
12

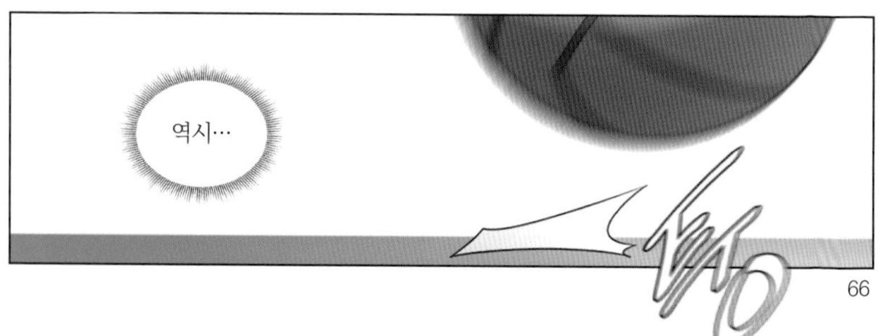
역시…

이 대 이밖에
없어…!

타앙

이 대 이는

더 이상
통하지 않아요.
막혔다!

구석에
몰렸어!

빠져나갈
길이 없다고!

신우야.

너랑은 좀 더
함께하고 싶었는데
아무래도
같은 팀으로 뛸 수
있는 건 올해가
마지막이겠지.

농구를
처음 했을 때부터
너랑 떨어져본 적이
없어서

혼자서
잘해낼 수 있을지
아직 상상이 안 간다.
그래도 난 꼭
프로에 갈 거야.
그러니까 너도
죽을힘을 다해
따라와줘.

기다리고
있을 테니까.

타앙
빠져나왔다!!!
칼발…!?
찬스!

쉽게는…

안 줘!!!

인석아.

너라면

거기
서 있을 거지?

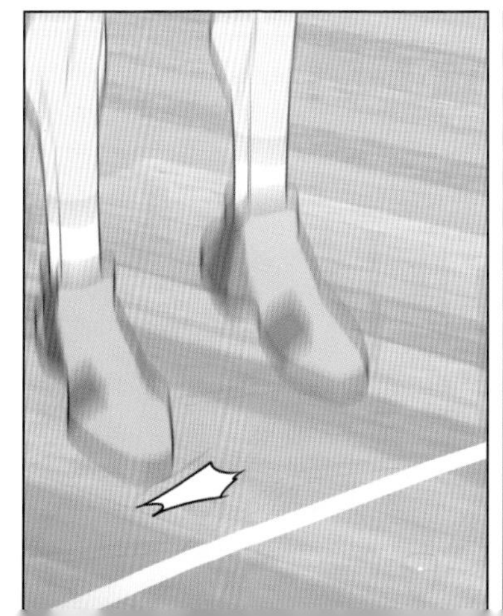

사악

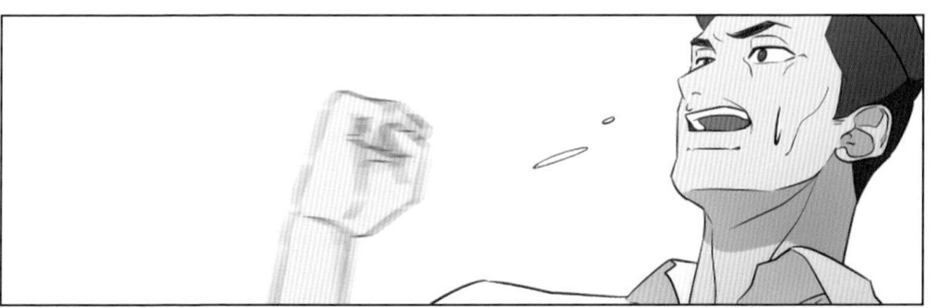

3점슛!
00 : 39
신유고 지상고
4
59 : 58
역전이다!

아자아앗!!!

지상고 타임아웃!

강인석!

니 마지막 득점도
경기장 질
내가 어시스트해줄게.

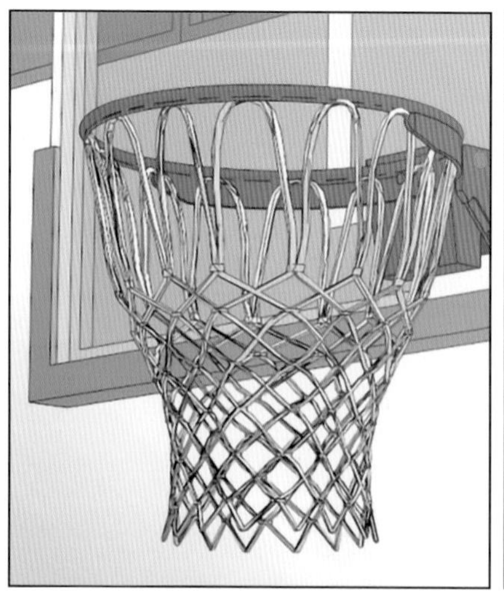

얘들아.

'쉿' 할 기다,
'쉿'.
이 패턴 다들
기억하제?
예.

한 번만 더
설명한다.
여기 재유,
여 상호,

JISANG
다은이, 태성이…
그리고 준수가 여기.
JISANG

X끼들 긴장
많이 했네…
쫌 풀어볼까?

태성이.
이 패턴 포인트가
뭐라 했노?

아무것도 안 할 것처럼
흐느적 있다가
가, 갑자기 파바박 하고
우므, 움직이라 안 했나?

…?

염병, 내부터 말이
꼬이는데 무슨….

아, 아무튼 간에
형아들이 알아서 해줄 테니까 너무 긴장들 하지 말고
이게 아마 우리 마지막 공격이 될 테니까는

확실히 성공시키자고.

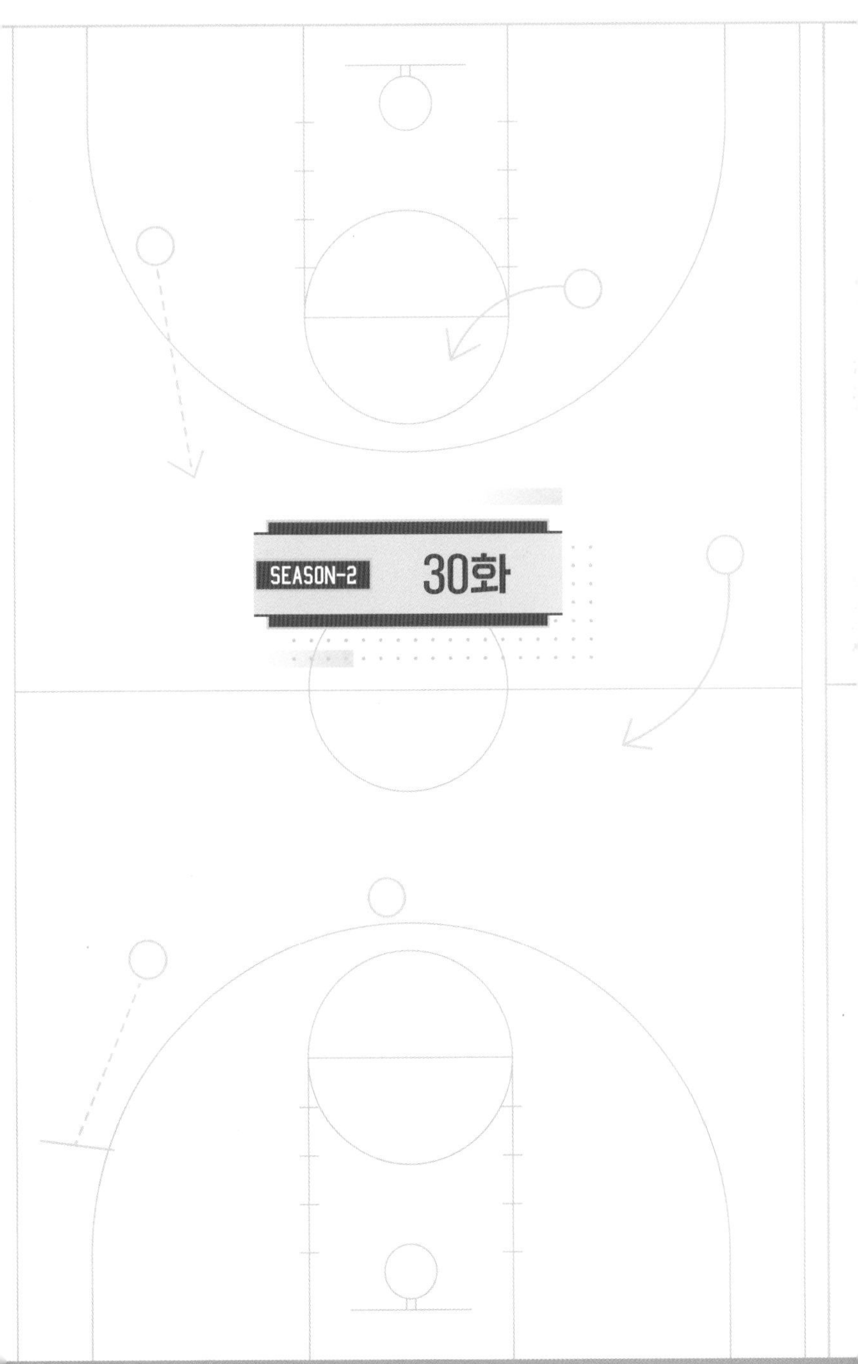

SEASON-2 30화

GARBAGE TIME

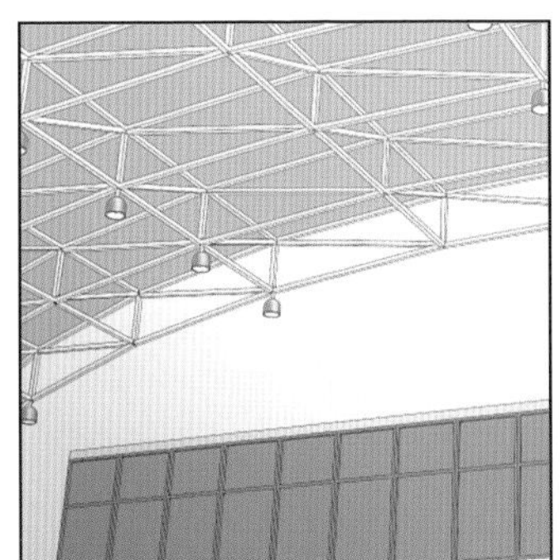

더 들어가!
더!

00 : 35
신유고 지상고
4
59 : 58

재유.

경기장 질서문란 행

우리도
이제 타임아웃 없어서
게임 못 멈추니까
*투포원 의식하지 말고
샷클락 다 쓰더라도
패턴 또박또박해.
투포원 해봤자
시간 애매하게 남아서
마지막 공격 급하게
해야 할지도 모른다고.
알았제?
예.

*경기 시간이 공격 제한 시간(24초)보다 길게 남은 경우, 첫 공격 기회를 빠르게 끝내 상대 팀이 공격 제한 시간을 전부 소비하더라도 한 번 더 공격할 차례가 오도록 하는 것.

그리고
오늘 준수
컨디션 안 좋으니까

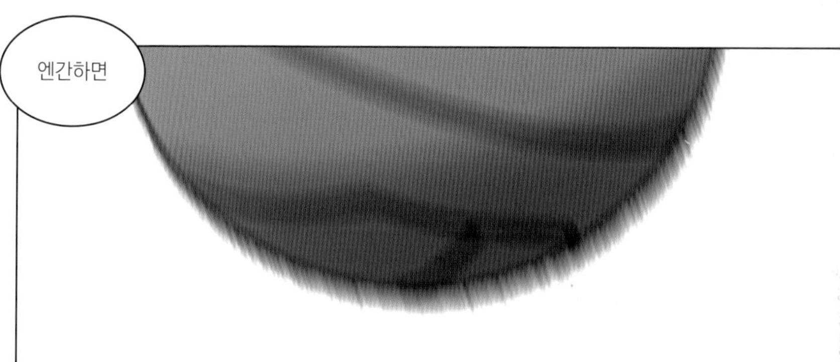
엔간하면

니가 마무리한다고 생각해라.

온다!

김다은!
첫 번째 찬스는
다은이와의 이 대 이.

걸렸다!

강인석!
스위치!?

정신 나간 도박을 할 게 아니라면 골 밑에서 노마크 찬스가 난 게 아니고서야
경험 부족에 초보자들뿐인 1학년들에게 중요한 슛을 맡기지는 않겠지.

결국 집중적으로 견제해야 할 건 3학년 둘.
그중에서도

오늘 컨디션이 좋은 4번이다.
여기서 내가 돌파를 해버리면…

20번이 길을
막아설 거고…

이 자리에서
슈팅을 하기엔
강인석의 높이가
부담돼.

김다은이
미스매치긴
하지만 확률이….

여기까지는
안 오길 바랐는데…
만약 이 대 이가
실패하면

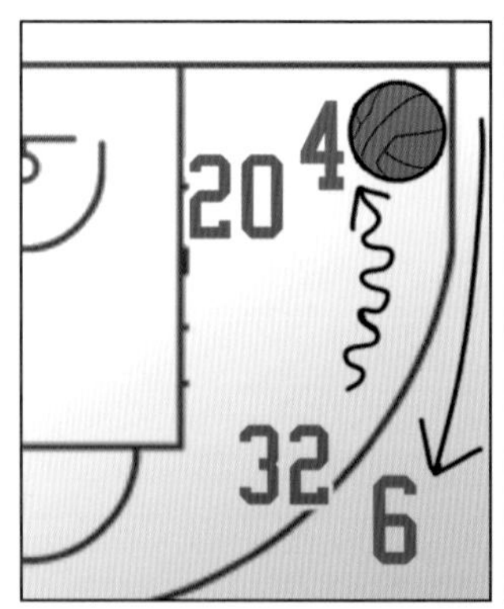
20
4
32
6

베이스라인 쪽을
파고들어.

타앗
스위치!

그리고
반대편에 있는
녀석의 시선이
재유에게 쏠렸을 때

그 뒤에서
스크린이다.

31
23
7
4

허창현!!!
이다음엔

반대편으로
패스.

탁
됐다!
3점!!!

아아아아악!!!?
한 명
날렸다!
조금 앞에서…
…안전하게
2점!

제발 좀…

들어가…!

텅

리…
리바…!!!
샤악

!?

00 : 21
신유고 지상고
4
59 : 60
굿샷!!!

다시 역전이다!!!

신유고
타임아웃 없어!

바로 온다!

자!
침착해!
천천히
하나 하자! 원샷!

집중!
집중!
이거만 막으면
이긴다!!!

타임아웃은 없었지만
마지막 슛을 위한
플레이는 준비해뒀구만….

공격 리바운드
한 번 시도할
시간까지
감안하면…
00 : 11
신유고 지상고
4
59 : 60

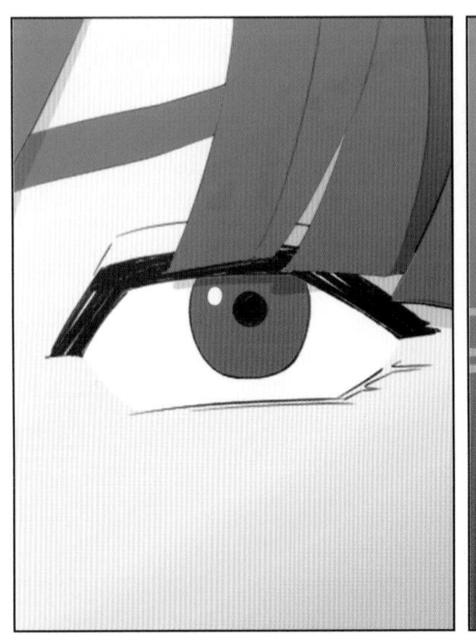

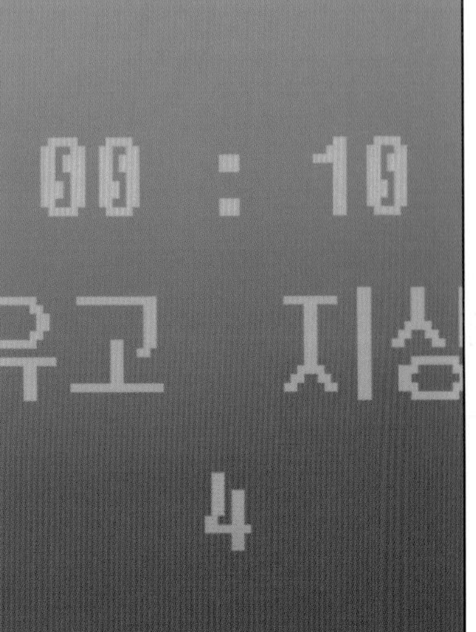
00 : 10
4

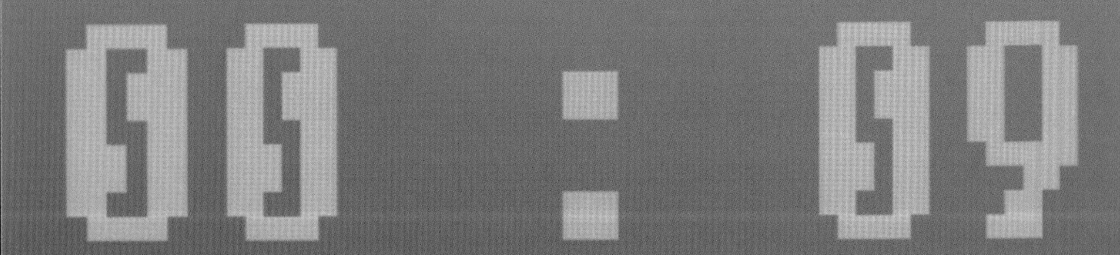
00 : 09

GO!!!

팍
7번
잘라 들어온다!

08

아냐.
7번은
미끼.

진짜는
강인석이다…!

탁
막아!!!

06

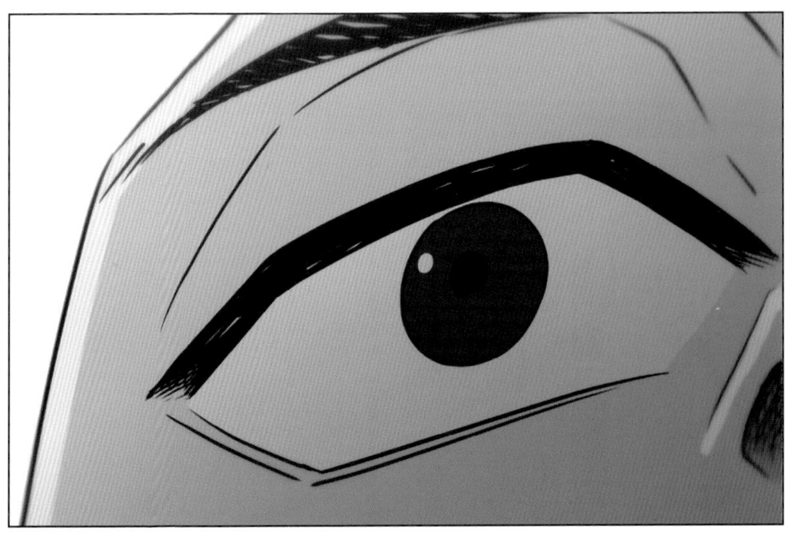

행위근절
JISANG
23

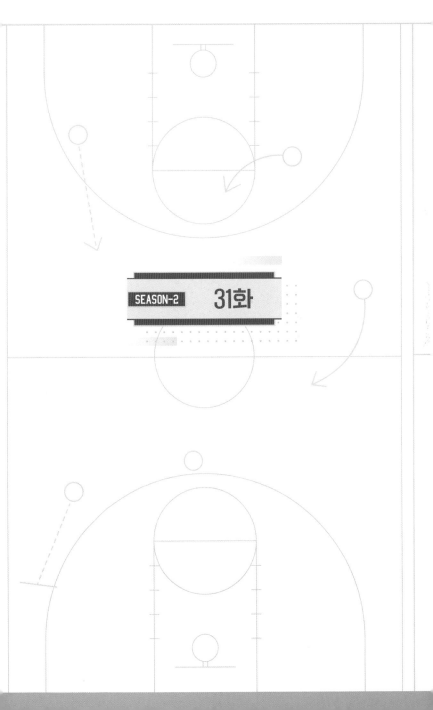

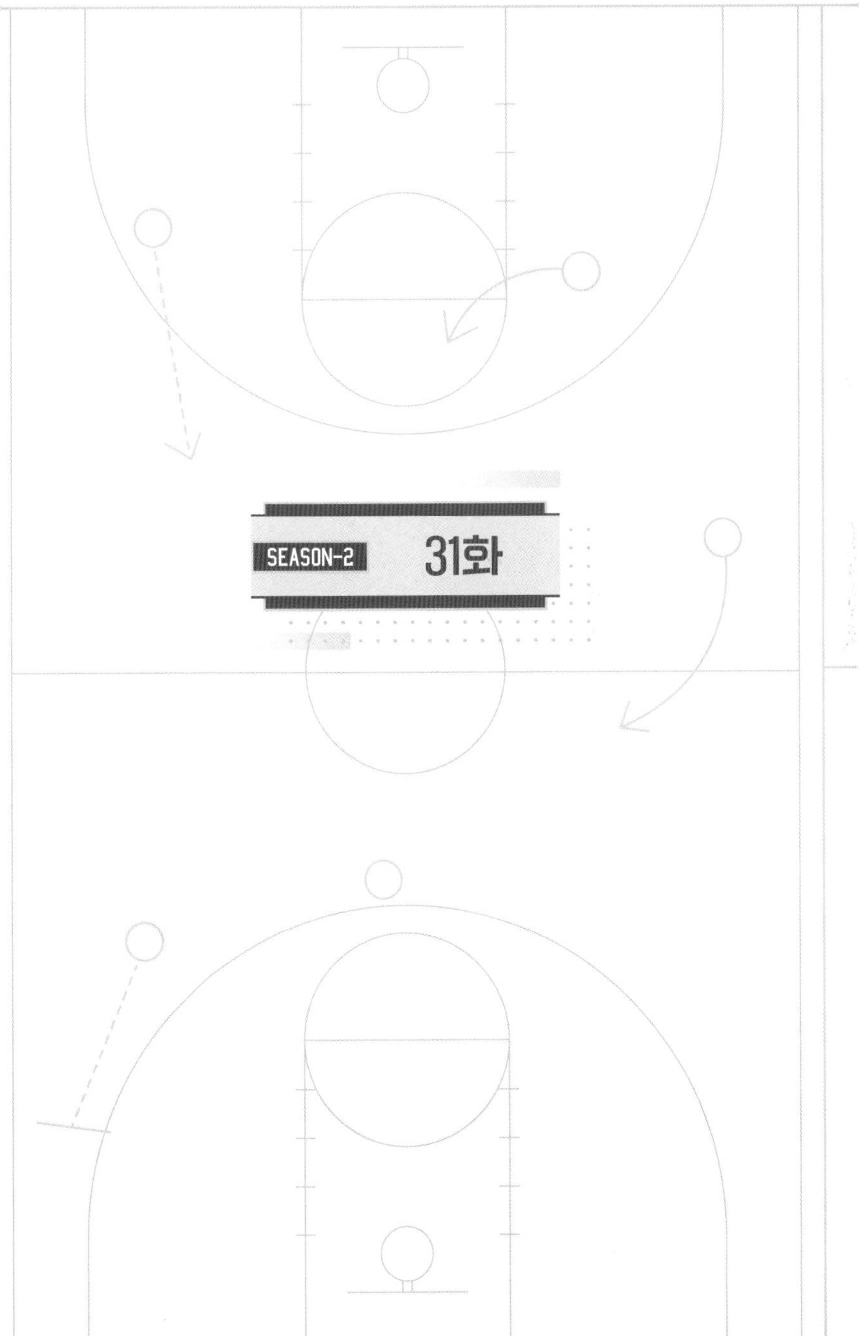
SEASON-2
31화

점마들은
마지막 슛을
누가 떤질라나….
허를 찌른다면
12번, 20번, 4번.
전부 슈팅 능력이
어느 정도 있는
놈들이니까.
그래도 아마
높은 확률로
강인석이겠제?
중학생 때부터
쭉 에이스였던 놈이라
마지막 슛을 쏴본 경험도
제일로 많을 테니까.
태성이.
만약 강인석이가
슛 떤질 거 같으면은

7번은 버려.
그리고

그걸 강인석이
못 보길 기도하자고.

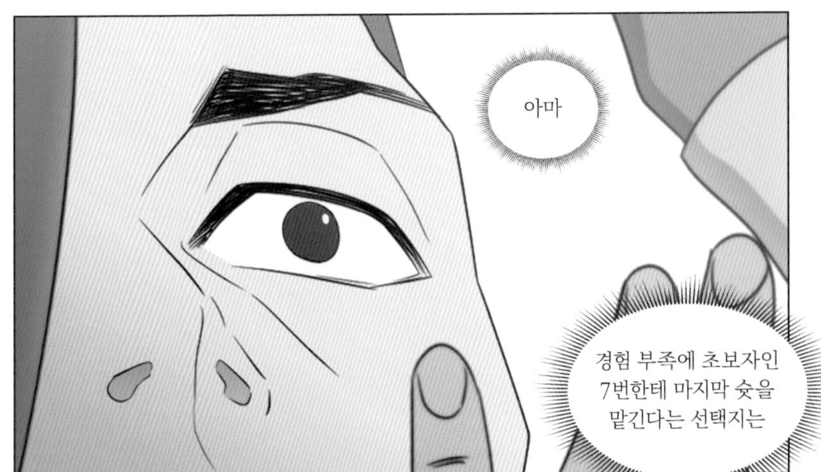
아마
경험 부족에 초보자인 7번한테 마지막 슛을 맡긴다는 선택지는

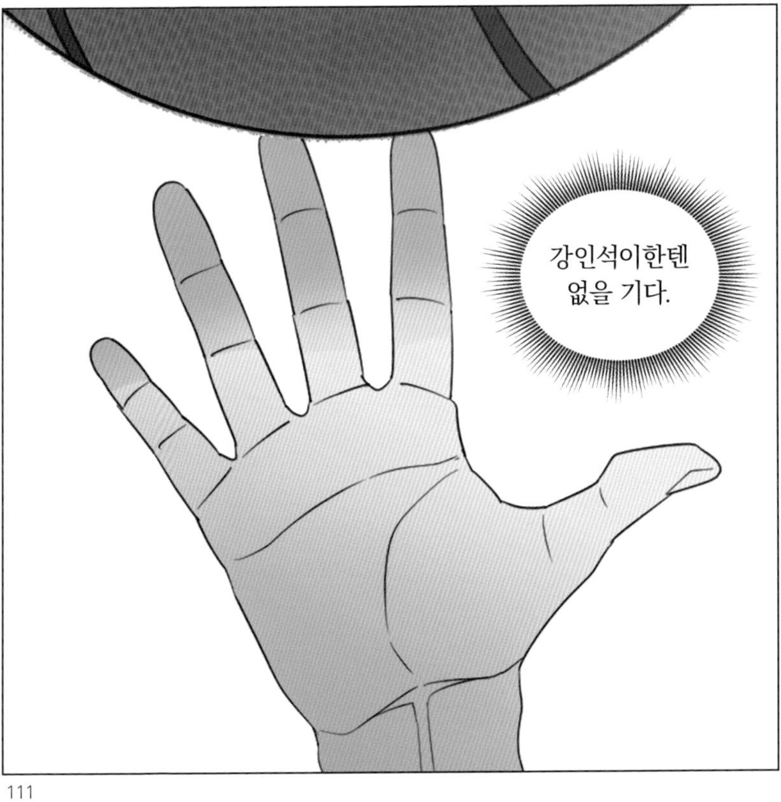

강인석이한텐
없을 기다.

블락!?
JISANG
23

이게
걸린다고…?
공이 손에서
떠난 지 한참 된
느낌이었는데…!

뽈!!!

뽈 잡아!!!

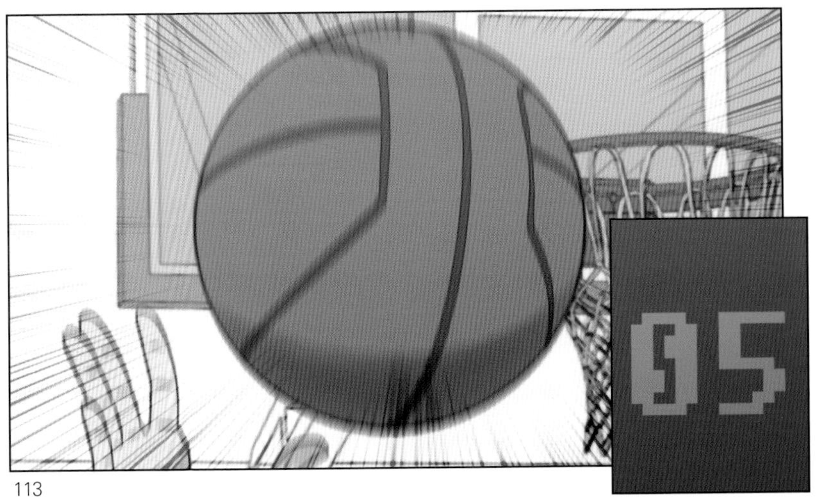
05

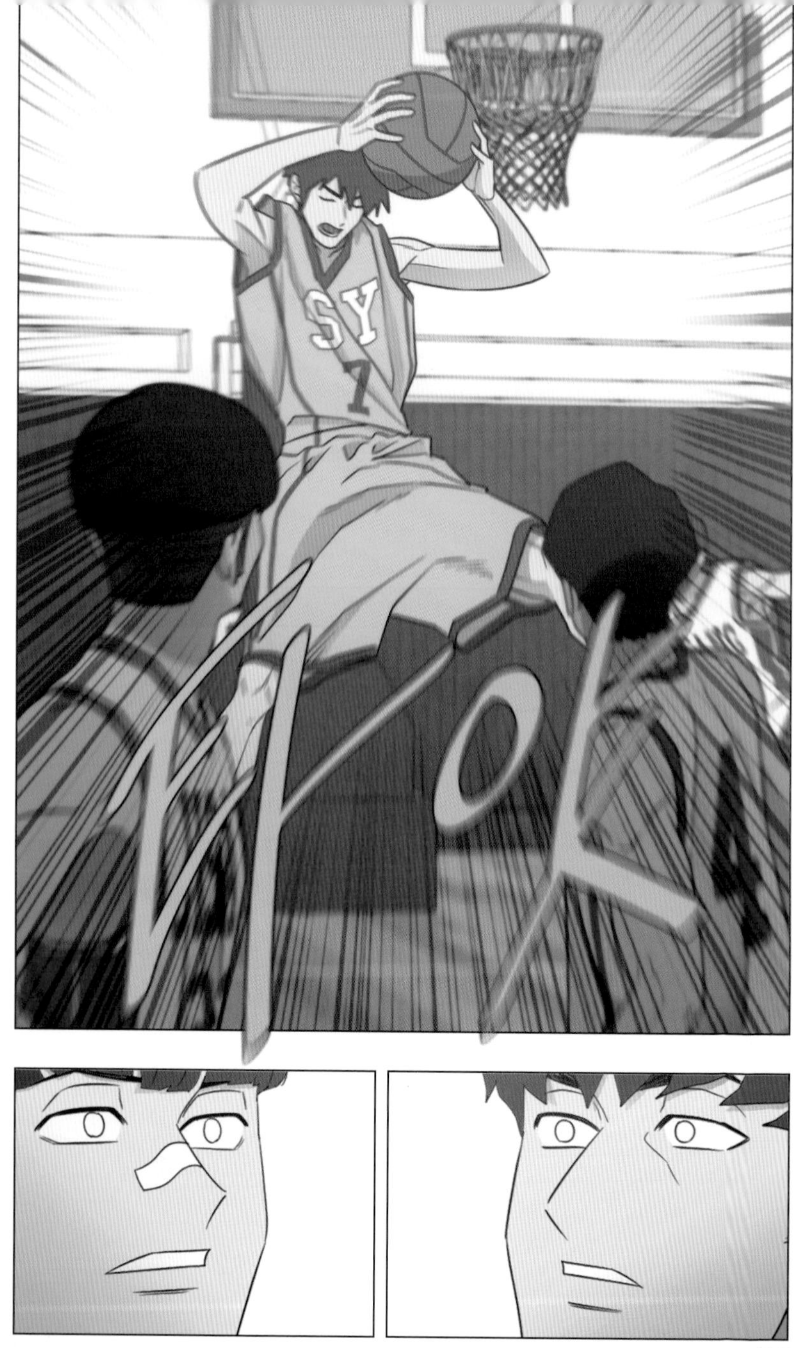

아…

안 돼….

아
어디서 봤나 했더니
그 이상한 별명 있던
놈이었구나.

2학년 3반

수림중
하워드.

빠세잇!!!

공!!!
잡아!!!

04

기상호!!!

도망가!!!
03

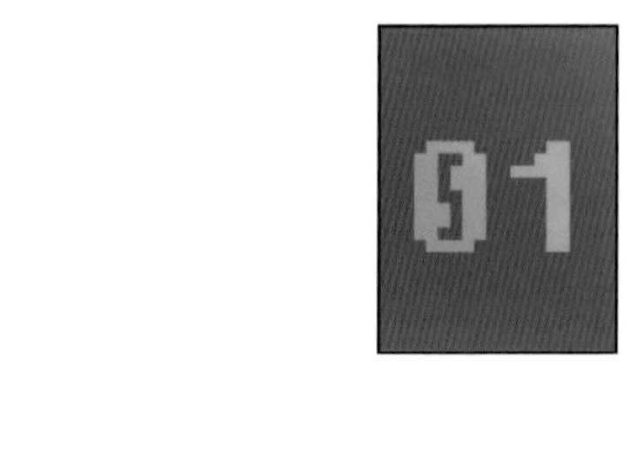
01

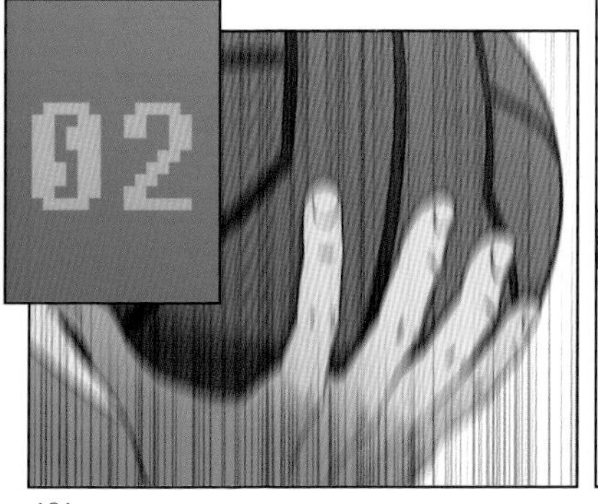
02

SY
32
20
12

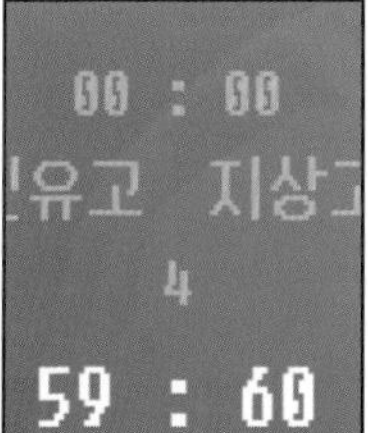
00 : 00
유고 지상
4
59 : 60

경기
종료

헤헤

이번에도
내가 이겼네.

……
X끼 우나…?

이거 한 경기 진 거 가지고 무슨….
마지막 수비할 때 내가 한눈만 안 팔았으면….

실수 쫌
할 수도 있지.

연습 많이
하래이.

**이담에
또 보게.**

우왁!?

악!!!
그만 때리라…!
아프다고!!!

JISANG

JISANG

쌍용기 전국남녀고교농구대회

SHIN YOO HIGH SCHOOL 新有 신유고등학교

B조

지상고등학교 志 JISANG HIGH SCHOOL

신유고등학교 : 지상고등학교

59 60

어?

코치님
울어요?

이래
좋은 날에….

시끄러, 바보들아.
우리 마지막으로 이긴 게 언제였는지 잘 기억도 안 난다고.

작년인지 재작년인지
겨울이었는지 봄이었는지.

이렇게 이기는 거 한번 보겠다고

1년을 넘게 기다렸어.

다들…

…고생했다.

진짜로.

신우.
잠깐 이리 좀
와봐.

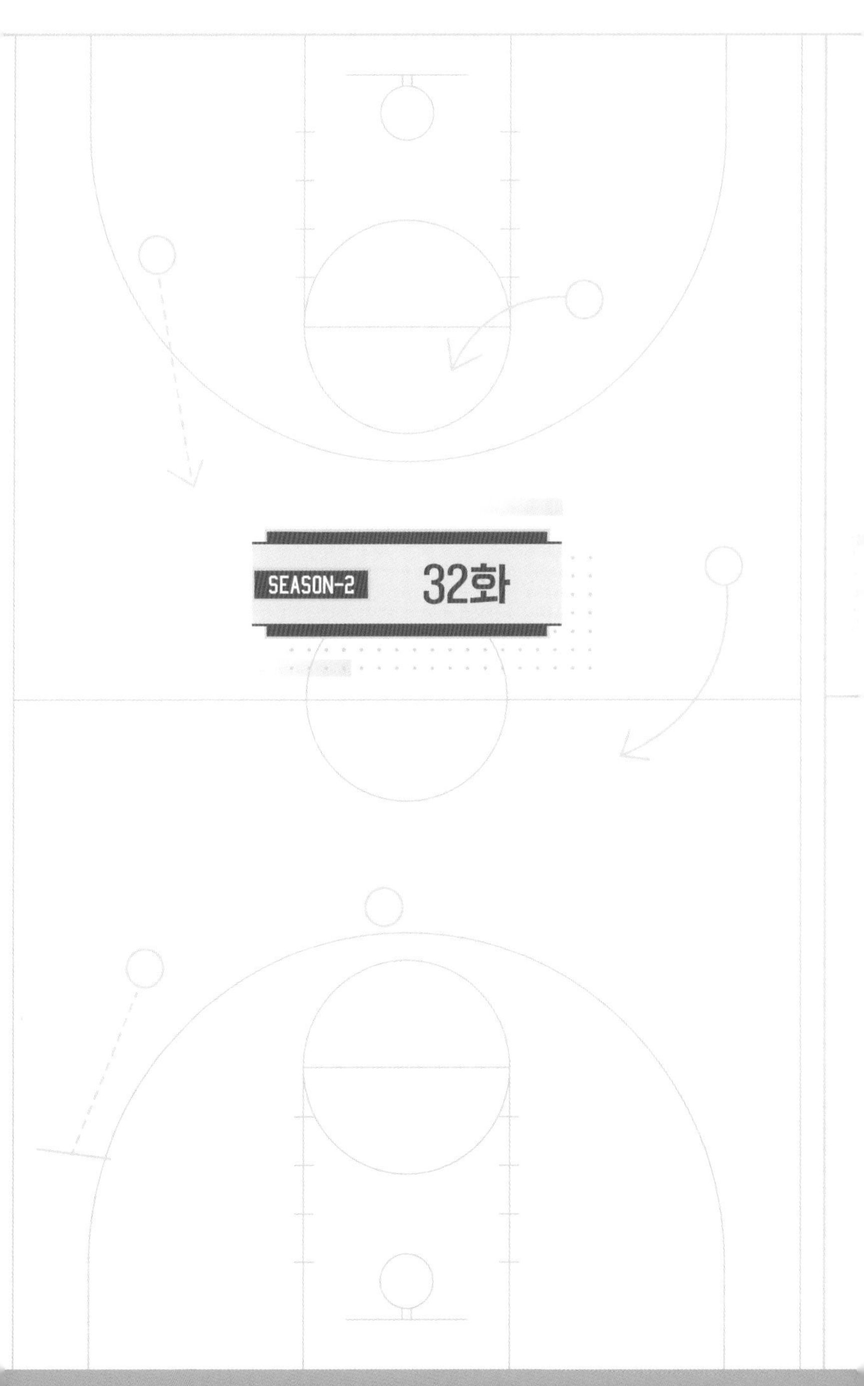
SEASON-2
32화

GARBAGE TIME

너 NBA 통산
3점 성공률
1위가 누구인지
알아?

스티브죠.
맞아.

통산 3점 성공률
45.4퍼센트로
역대 1위.
한 시즌 3점 성공률은
52.3퍼센트로
역대 2위.

물론 에이스에게
수비가 몰려서 노마크
찬스가 생기고 나서야
한 경기에 두어 개의
3점슛을 던지는 게 허락된
벤치 멤버의 기록이라 그리
높게 평가하지 않는
경우도 많아.

그래도
그 3점슛 능력으로만
세계 최고 리그의
선수가 됐고
아직까지
회자되는 명장면도
남겼지.

191센치의 신장에
연습 도중 골대 바로 위에
토스된 공을 덩크한 걸 제외하면
덩크슛하는 영상 하나 찾기도
어려울 정도로 별 볼 일 없는
운동 능력으로 말이야.

뭐,
아무튼…
앞으로 개인 연습할 시간이 나면 슈팅을 중점적으로 연마하라는 얘기다.

넌 지금도 슈팅이 괜찮은 편이니까
그쪽이 확률이 높을지도 몰라.

…프로를 목표로 한다면.

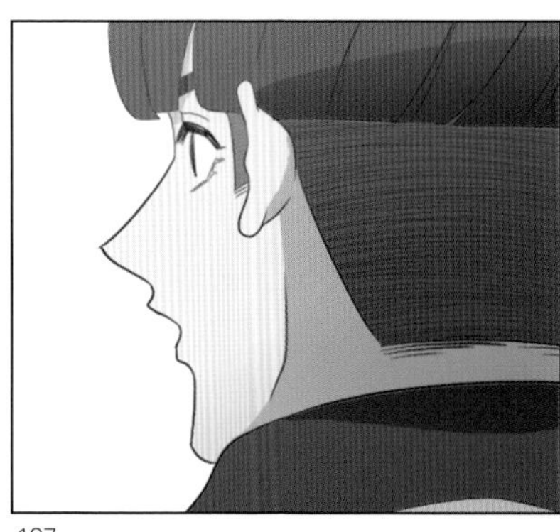

…
엽…!

…인석아!

미안하다.
新有

처음부터
내가 똑바로만
했다면 이길 수 있었던
게임인데….

씨익

텼

알면 됐어.

꺽

꺼억

약해 빠진
주제에.

그만 좀 해,
이것들아!

투닥

투닥

형님들
X팔린 짓거리 좀
하지 마십쇼!

다음 날

우리는
원중고와 상평고의
경기를 관전하기 위해
대기 중이다.

하 참…

하나같이
쓰레기들뿐이군.
이 정돈가.

니들 그 이상한 짓거리 좀 안 하면 안 되나?
글고 김다은
너는 다리 쫌 오므리라
X알 뜯어버리기 전에
또 누가 괜히 듣고 있기라도 하면

니들은 정말…
경쟁 상대에 대한 존중이라곤 눈곱만큼도 없는 놈들이구나.

저 X낀 지 팀 놔두고 와 자꾸 혼자 다니는데?
쓸데없이 행동반경이 넓음…
어디서 패배자 냄새 나는 거 같지 않아요?
내가 혼자 다니는 게 아니라 다른 사람들이 나랑 같이 안 다니는 거뿐이야.

옘병. 시간도 뜨는데 바람이나 쐬고 오자. 뭐 쫌 마시고.
태성 햄도 볼 가치가 없는 게임이라고 느꼈군요?
아 X랄 쫌 그만해라!
얘는 왜 따라옴?
모른다. 알아서 하라고 해.

아~
오늘은 나름
일상 파트인 건가….
뭐라노
빙X 같은 게 자꾸.

어, 엄마.
어. 진짜
이겼다니까.

내 어제
32점 넣었다고.
어.

어, 내 또
전화할게.
JISANG
어~

32점은
아니지 않냐?
20 몇 점이었던 거
같은데.
에이, 이게 또
효도하는
방법이지.

근데 닌 이겼는데도
표정이 안 좋노?
위닝샷도
넣었으면서.
위닝샷은
무슨.
운 좋게
아다리로
들어간 거….

아다리든 뭐든
어쨌건 그거로
이겼는데.
몰라.
난 중학교 때
이후로 처음
이겨본 건데…
고등학교 올라와선
얼마 전까지 공식전에
뛸 수가 없었으니까.

근데
생각했던 거만큼
기쁘지가 않더라.

한 게
없어서 그런가.

…

맨날
잘 들어갈 수가
있나?

잘 드가는 날도
안 드가는 날도
있는 긴데….

어제 이긴 거
솔직히 내 캐리
아이가?

아 쫌!
차에서부터 그 얘기
질리지도 않나?

글고 어제는
솔까 재유 햄
캐리지.

블록 다섯 개나
했는데?

다섯 개
아인데? 네 갠데?

뭐라노
X시 같은 게.
다섯 개 맞다니까?

뭐고?
어디 가노?
음료수 자판기 쫌
찾을라고 나왔는데
햄들도 같이
갈래요?
가자.
니도 목마르다면서?
어.

햄 근데
공은 와 들고 있노?
어제 감이
좋았어서
안 까먹을라고.

거 별로
소용없던데
근데
신유고 점마는
와 같이 있노?
모른다

하나!

둘!
아 씨…
하나!

둘!

어! 준수!

어제 신유고
경기 이겼다면서!
첫 승이지?
축하한다!

어제 니
활약한 얘기도
잘 들었어!

…

니는 왜
사람 보자마자
시비질이냐?

시비라니?
아직 아무 얘기도
안 했는데?

이 X발놈이
장난치나….
워… 욕하지 마.
그렇게 사투리로
욕하고 그러면
무섭다고.

X 까는
소리 하지 마
X발아.

아니,
진짜로 말할 때
높낮이가
생겼다니까?
그치?
됐어 영중아,
그만해.

저 X바거 진짜…!

아니, 그냥 사실을 말하는 건데 왜?

주, 준수 니 그냥 신경 쓰지 말고 먼저 드가라!

니 마실 거 내가 대충 골라올게!

저기요.

요즘 저희한테 타 팀 에이스를 담궜다느니 하는 헛소문이 돌던데
혹시

원중고가 말하고 다니는 게 아닌가 싶어서요.

원중고 경기 이후로 그런 말이 돌기 시작했거든요.

우린 전혀 모르는 얘긴데?
근거도 없이 의심하진 말아줘.

되게
기분 나쁘니까.

그랬군요.

기분 나빴다면
죄송합니다.

뭐지?

패싸움인가?

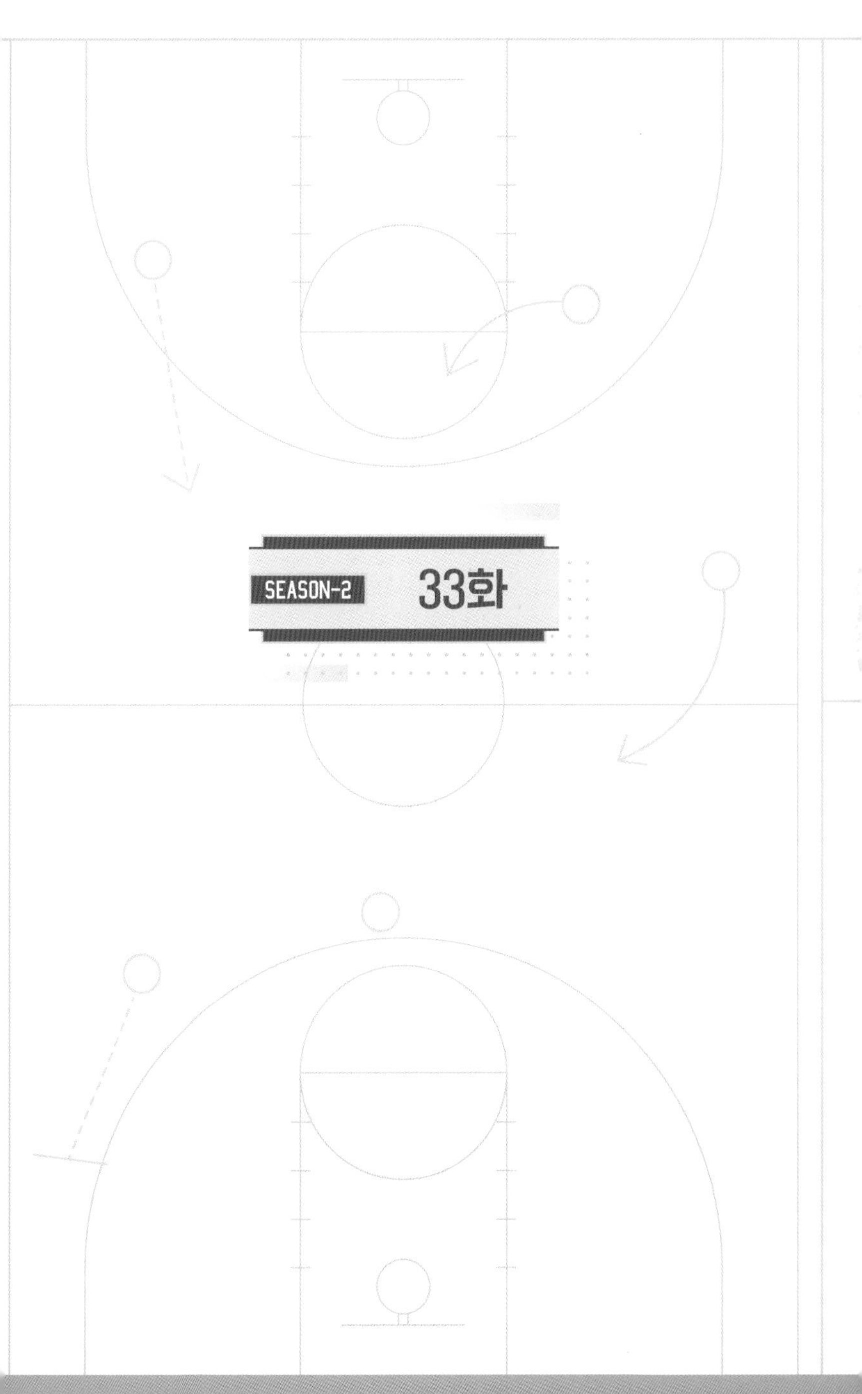
SEASON-2
33화

GARBAGE TIME

고오오

상호…
분위기 우야노?
까딱하면
진짜 싸움 날 거
같은데….
괘안타.

혹시라도 상황이 위험해지면
다은 햄이 나서줄 거니까.

저건 또 무슨 컨셉인데!?

악에게 세뇌당한 거대 괴수.

우우…

죽…인다….

아니, 그게 아이라
싸웠다가 징계 같은 거
나오면 우야게!?

창현 햄도
괜히 휘말리게 해가지고
피해 주게 될지도
모른다…!
이상하게 눈빛이
살아 있다고…!

창현 햄은 당연히
우리 편이어야지.

**함께 농구 한 게임
하고 나면 모두
'친구'다.**

이 자식…
멋진 놈이었구나…!

우우…
『친…구…?』

멍청아, 우야노 이제!? 창현 햄의 사기가 올라버렸다고!
크크ㅎㅎ
괴… 괴로워…! 크와악…!
7
선우
그리고 같이 농구 했다고 친구면 원중고도 친군데!?

우우…
그렇게 논리적으로
말해버리면….

빙글
JISANG

JISANG

통
통
빙글
빙글

훗!
오오오!
짝
짝
짝
짝
짝

뭐지,
댄스 배틀인가?
짝
짝
짝

푸, 풉!
저런 거 농구 실력이랑은
하등 상관없죠?
ㄹㅇㅋㅋ

재유 햄!
가만있지 말고
뭐라도 해봐요!
저런 거는
할 줄 모른다고…!

공
줘보셈.
?
통
통

통
통

통
통
통
뻥

툭

와!!!
고려청자
트래핑!!!

X나
멋있다!!!

역시 발로 하는 게
손으로 하는 거보다
어렵죠?
ㄹㅇㅋㅋ
축구 짱

짜악

와씨
개쩔어!!!

짜악

WONJOONG

WONJOONG

후후후

얘들아.
헛짓거리 하지 말고 올라와라.
원중고 니네들도 몸이나 마저 풀어.
가자.

예, 옙!

어!?

병찬 햄!?
흥ㅇ

오늘
경기 있어요?
아니,
그냥 다른 학교
경기 보러 왔어.
造形
어제 저희
1승 했는데!

얘기 들었어.
축하한다!
무릎은 어때요?
이번 대회에
뛸 수 있어요?
글쎄.
잘 모르겠어.
우리 선생님한테
졸라서라도
한두 경기는 뛰고
싶은데 말이야….

오, 시작한다!

집중들 하래이.
원중고 패턴들도 눈에 익히고.
특히 상호랑 희차이.

15번 움직임을 잘 봐둬야 한다.
WONJOONG
다음 경기에서는

니들이 마크하게 될 거니까.

근데…

점마는
여 와 있는 기고?
스파이가?

뭔가 불쌍한
형이라 데려왔어요.
경기는 생각보다
심심하게 끝났다.

상평고 에이스가
31점을 올리면서
활약했지만

원중고는 야금야금
쌓아 올린 리드를
한 번도 빼앗기지
않고 승리를 가져갔다.

00 : 00

상평고 원중고

4

78 : 91

상평고도
강하긴 하지만

밝은색 옷을
입혀놔서 다행이야
맡아줘서
고마워!

역시 원중고가
한 수 위였다.

그리고
원중고
경기 당일!

쌍용기 전국남녀고교농구대회
WONJOONG
HIGH SCHOOL
B조
지상고등학교
JISANG HIGH SCHOOL
원중고등학교
:
지상고등학교
1승(상평고) 0패
1승(신유고) 0패
JISANG
23
JISANG
7
31

준수.

오늘 컨디션 괜안나?
어제 잠을 좀 못 잔 거만 빼면….
또 이상한 꿈 꿨나?
어.

에휴… 너무 신경 쓰지 마래이.
예.

그리고 오늘은

이긴다는 생각으로 플레이해야 된다.
오늘 경기는 제끼고 상평고 이겨서 올라간다 이런 거는 할 수가 없거든.

니들도 봐서 알겠지만 상평고도 쉬운 팀이 아이니까는.

맞습니다!
그래도… 아무리 원중고라도

우리 여섯 명이 다 터지면 이길 수 있지 않을까요?

……

여섯까지 갈 필요도 없다.
원중고는 분명 우리보다 몇 수 위긴 하지만

결국 똑같은 고등학생.

必死卽生 늑대정신

재유가 어제만큼
해준다 가정하면
한두 명만
제대로 터져도
이길 수 있다.
저번 대회 이후로
우리도 꽤
달라졌거든.
SANG
23

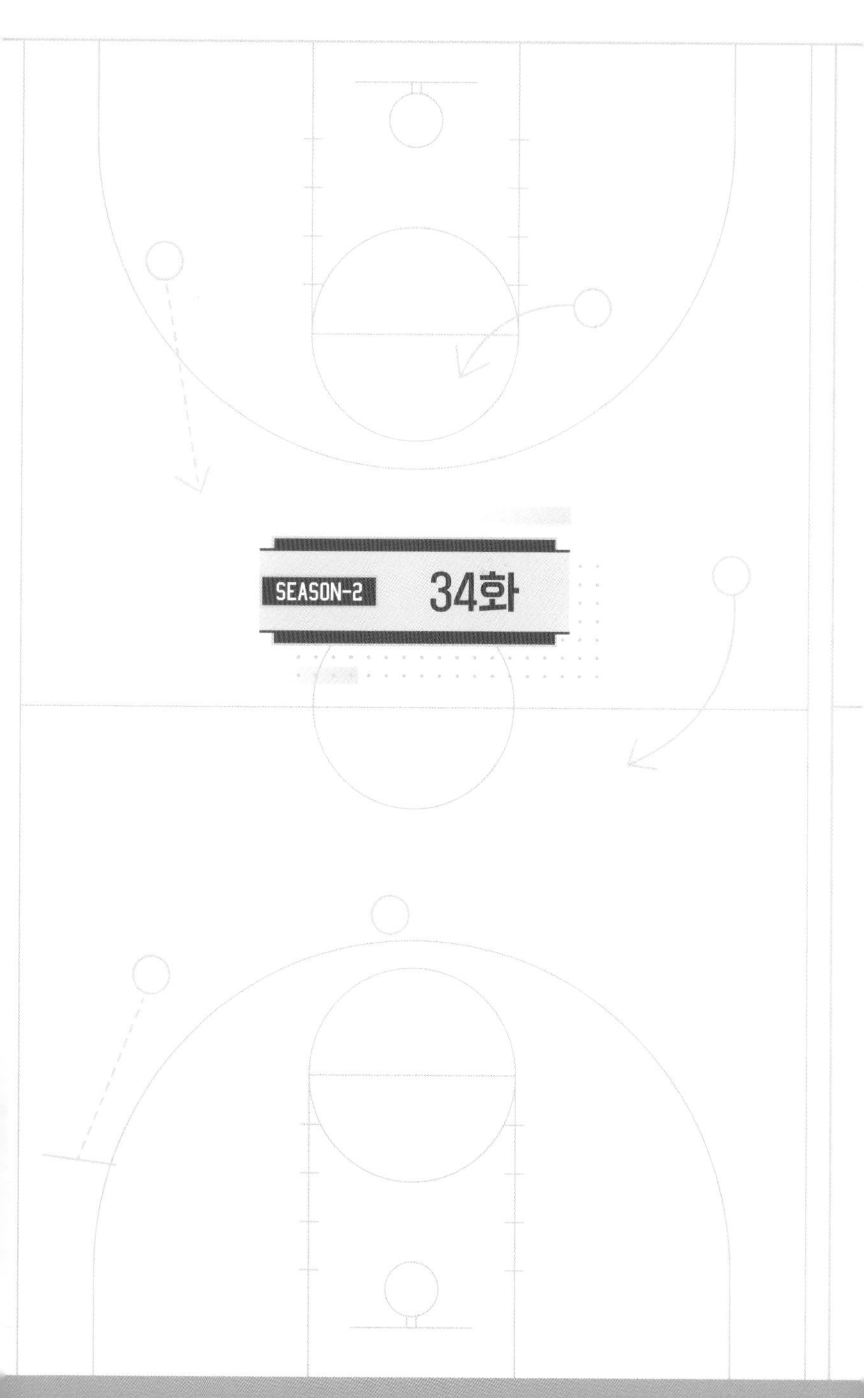

SEASON-2 34화

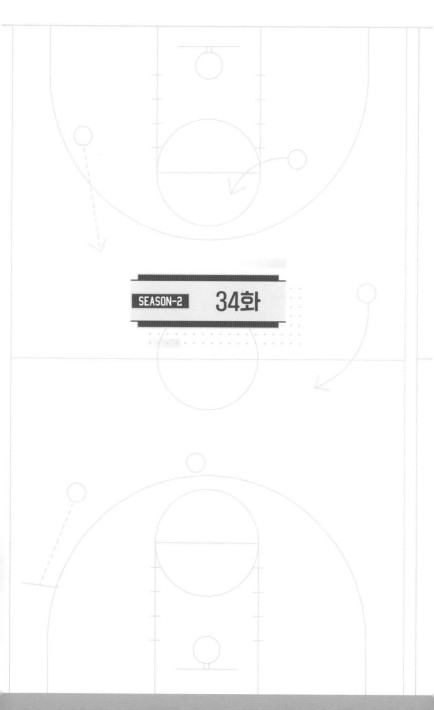

GARBAGE TIME

04 : 42
원중고 지상고
1
16 : 10

WONJOONG

오셨어요?

어.
애들은 협회장기 때 만나더니 이번에도 붙는구만?
이번에 뭐 달라진 거 있어?

원중고는 딱히 바뀐 게 없네요.
지상고는

13번을
조재석한테
붙였어요.

스크린을 피해 도망 다니는 조재석을 잡기 위해 발이 빠른 13번을 붙인 건가?
뭐…

효과야
있겠지.

하지만
그렇게 되면

진재유가 박교진을
막는다는 건데

이건 거의
미스매치잖아?

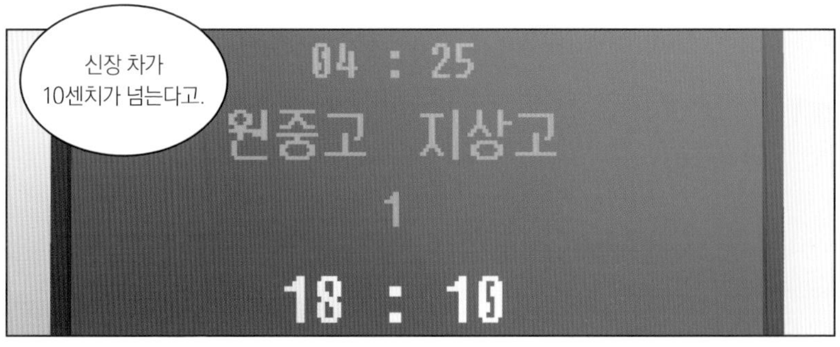
신장 차가
10센치가 넘는다고.
04 : 25
원중고 지상고
1
18 : 10

조재석보단
박교진이 슛을 던지도록
하는 게 차라리 낫겠다는
계산인 거겠죠?

흠~
맞는 계산일지는

두고 봐야겠지.

쉬워! 쉬워!

나한테
볼 몰아줘!

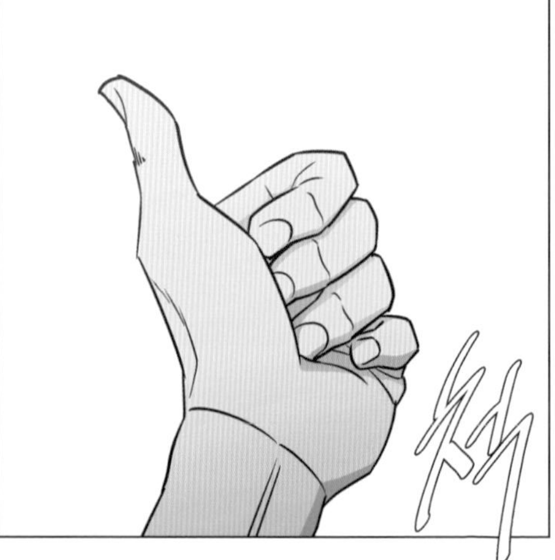
척

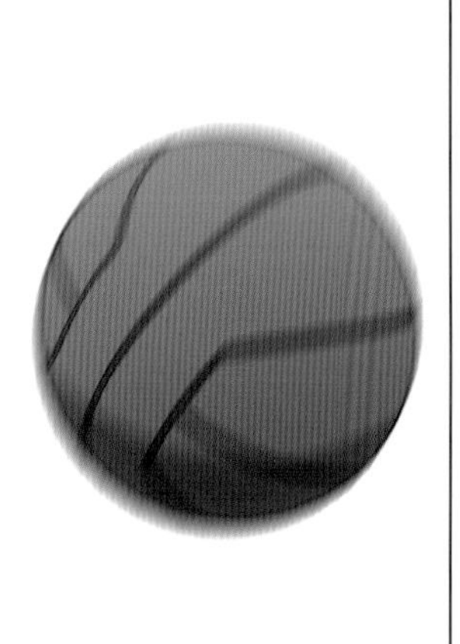

아이솔….

벗겨냈다!
헉!?

나이사~!

04 : 11

원중고 지상고

1

18 : 12

아~
쉬워! 쉬워!
나한테 볼
몰아줘~!
이미 40분 중에
35분은 형이
볼 잡고 있잖아요?
시끄러,
조용히 해라!

재유가
일대일로만
벌써 6점째예요!
아무래도 원중고…
재유의 일대일에 대한
대비가 전혀 안 돼 있는 거
같지 않아요?
원중고 쪽에서
신유고전을 보러 오진
않은 거 같으니…
정말 모를 수도 있겠어요.

더 강한 팀들에
대비하느라
우리를 분석할
시간도 아깝다는
거겠지.
얄밉…
뭐,
우리로서는…

재유!
UISANG

일대일
더 해도 돼!
할 수 있을 때
뽕 뽑자고!
옙!

그 점을
철저히
이용하면 된다.

조재석이
과연…

진재유의
일대일을 대처할 수
있을까?

영혼까지 탈탈
털려본 경험자로서.
신우 형님은
어떻게
생각하십니까?
…조재석의
디펜스는
나쁘지 않아.

다만

진재유를 당해낼 수준은 아냐.

2점!

03 : 13
원중고 지상고
1
20 : 14

굿샷!

원중고가 대처를 제대로 하지 않는다면 진재유한테 꽤 많은 점수를 내줄 수도 있겠어.
그래도 뭐…

이기는 건 역시
원중고겠지.

00 : 41
원중고 지상고
1
26 : 16

농구를
진재유 혼자서
하는 건 아니니까.

1쿼터부터
점수 차 이렇게
줄 거야!?
하나 제대로
해보자! 집중해!

준수야.
신유고전에
3점 열한 개 던져서
하나 들어갔다며?
입 닥쳐.

십일 분의 일.
일일일.
간첩 신고해도
되겠어.
SANG

개소리 좀 하지 마.
2점까지 다 합쳐도
열한 개는 안 던졌어.
집중해!

파고든다!
에휴,
또 뚫리냐.
재석아~!

휙
패스다!

찬스!
탁
땡겨!

멈칫

아 씨… 그냥 던지지
왜 안 던져?
안 걸릴 거 같았는데.
코너에서 던지는 게
자신 없으니
사리는 거겠죠…?
요즘 딱히 코너에서 슛이
안 들어간다는 느낌은
못 받았는데도….
걍 던지지

근데 쫌
신기하지
않아요?
준수 형이
코너를 기피하는
거요.

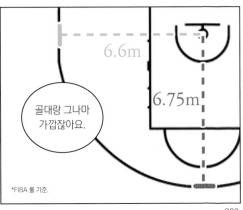

따지고 보면
코너 3점이
제일 쉽지 않아요?
6.6m
6.75m
골대랑 그나마
가깝잖아요.
*FIBA 룰 기준.

꼭 그런 거만은 아이다.
코너에선 백보드 옆면만 보이니까 거리 계산이 안 된다는 사람도 있고…

그게 아이라도 *슈팅차트를 보면 선수들은 모두 자기들만의 위치가 있지.
왜 위치마다 차이가 생기냐면… 이유는 여러 가진데

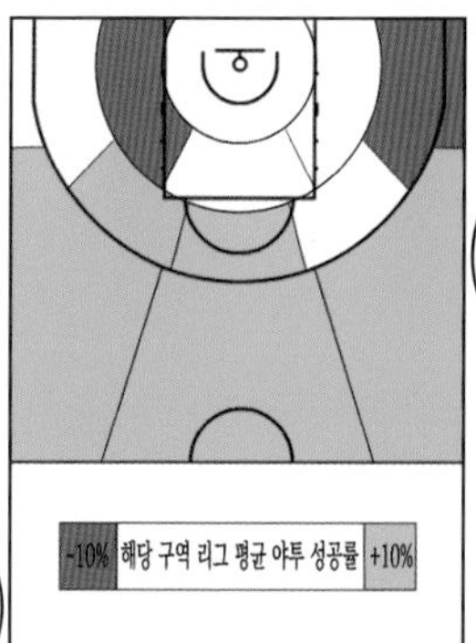
-10% 해당 구역 리그 평균 야투 성공률 +10%

*슈팅차트 예시

팀 전술에 따라 자기가 자주 패스 받는 위치에서만 집중적으로 슛을 연마해서일 수도,
단순히 심리적인 이유일 수도 있고.

아이씨, 수비 너무 빡빡한데….

정희찬!

샷클락 다 돼간다!
빨리해라!

안 막을게.
그냥 던져.

얼른.

뭐 해? —

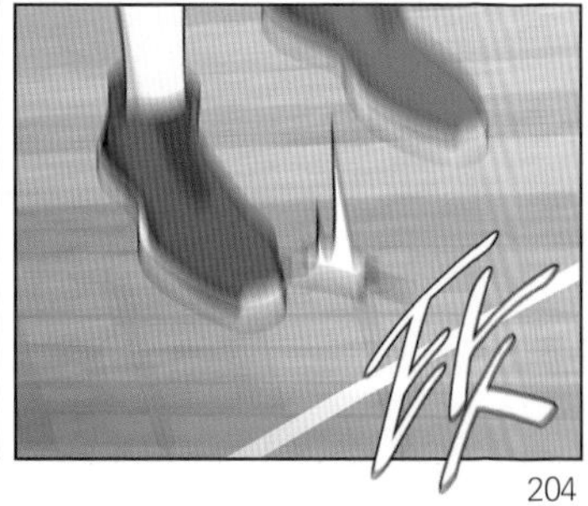

—는 구라임!!!

우왓!?

흔들렸어!
길다!!!

!?
00 : 23
중고 지상고
1
26 : 19

굿샷!

하하! 나는 원래 3점을 뱅크숏으로 던진다고~!

누가 믿을 거 같냐…!
3점을 뱅크로 쓰는 사람이 어딨다고
신경 쓰지 마, 아다리야 아다리.
수비 좋았어.

자, 자!
마지막 공격이야!
00 : 23
성공시키고
끝내자!

재석아!

응…?

조재석!

뭐 해!?

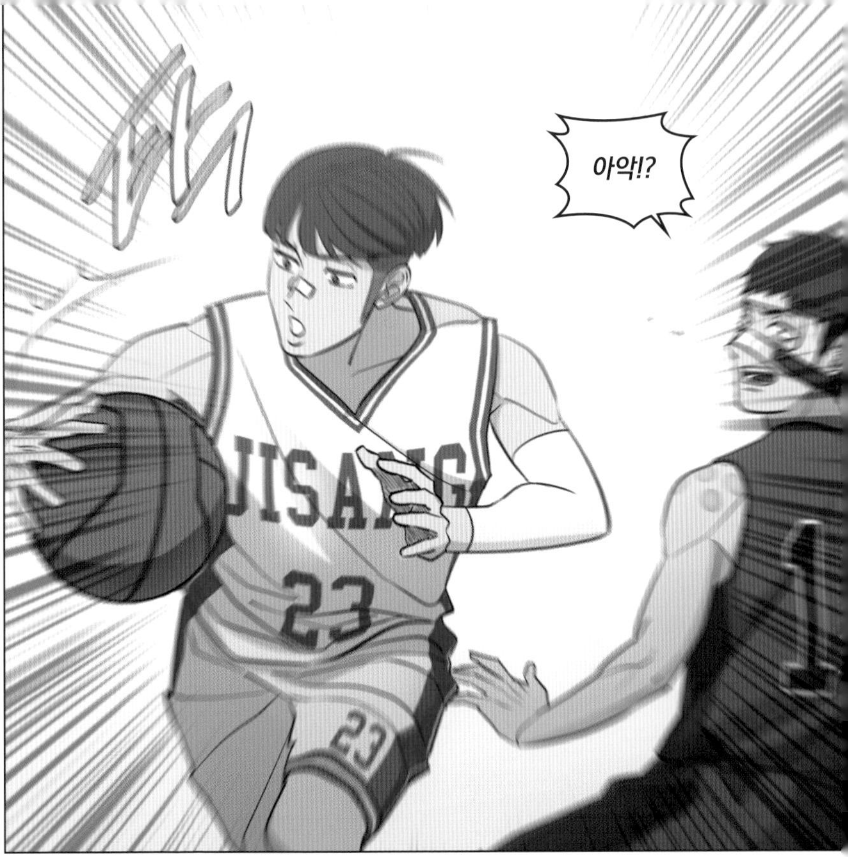
아악!?

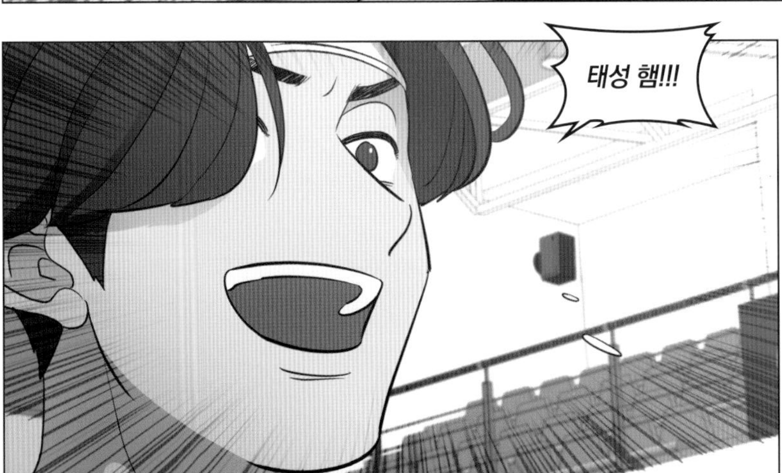
태성 햄!!!

꽂아버려!!!
JISANG
23
부웅

SEASON-2 35화

GARBAGE TIME

삐
익
자유투다!

야! 조재석!
공 안 받고
뭐 해!?
괜찮아요, 형.
파울로 잘
끊었어요.
WONJOON
괜찮긴
뭐가 괜찮아!?

23번 자유투
약하니까….
어휴
진짜….

쳇
23번…

역시
탄력이 보통이
아냐.

그래도 뭐 그거뿐이지.
파울로 끊어버리면 그만이야.

텅

1구
실패!

님! 하나만
좀 넣어보셈!

어떻게
시간이 갈수록
더 못 던지는 거임!?
원래 반은 넣었잖씀!?

아!
닥치라고!

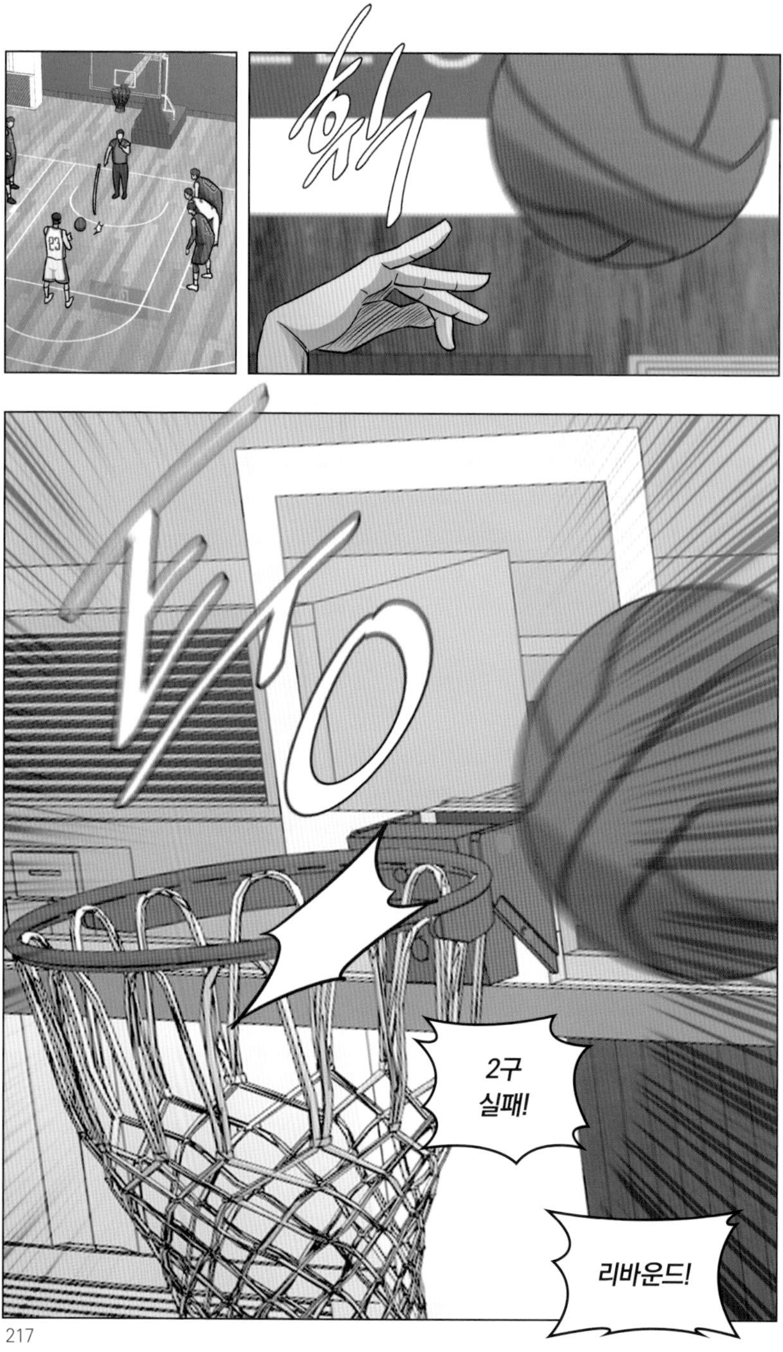

2구
실패!

리바운드!

읏!?
오케이!
휘성아! 자유투 리바운드 주면 안 돼!
학교 농구
미안! 미안! 공이 이상하게 튀어서….

강인석이
지상고전에서 20점도
못 넣었다는데…

설마 얘
때문인가?

애초에 지상고가
이긴 것도 놀랍긴 하지만

협회장기 때도
느꼈지만
꽤 묵직한
느낌이 있긴 해.

설마…
아니겠지?
강인석이 어딘가
부상이 있었던 게
아닐까?

……
그렇다기엔
아까 신유고랑 상평고
경기에서 38점이나
집어넣었다고.

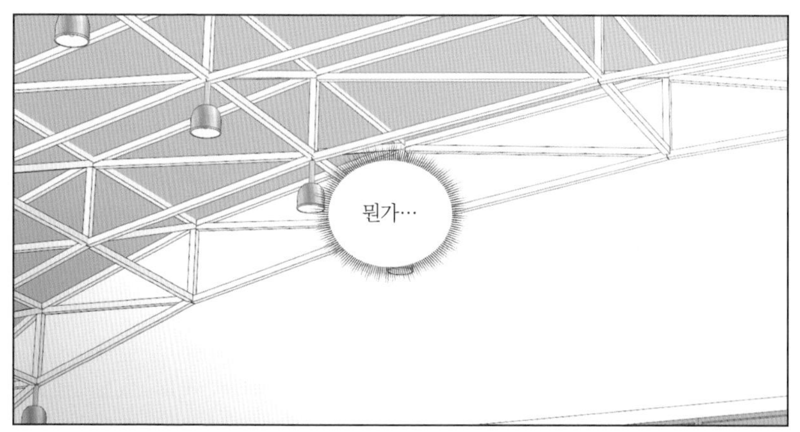
뭔가…

다른 이유도
있었을 거야.

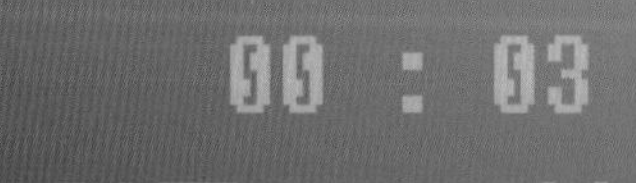
00 : 03
원중고 지상고
1
26 : 19

시간
없어!

정희찬!
00 : 02
원중고 지상고
1

아니, *폭탄을
내한테…!
대충 떤지라!

*시간제한에 쫓겨 던지는 슛을 이르는 말.

00 : 01

에라이!

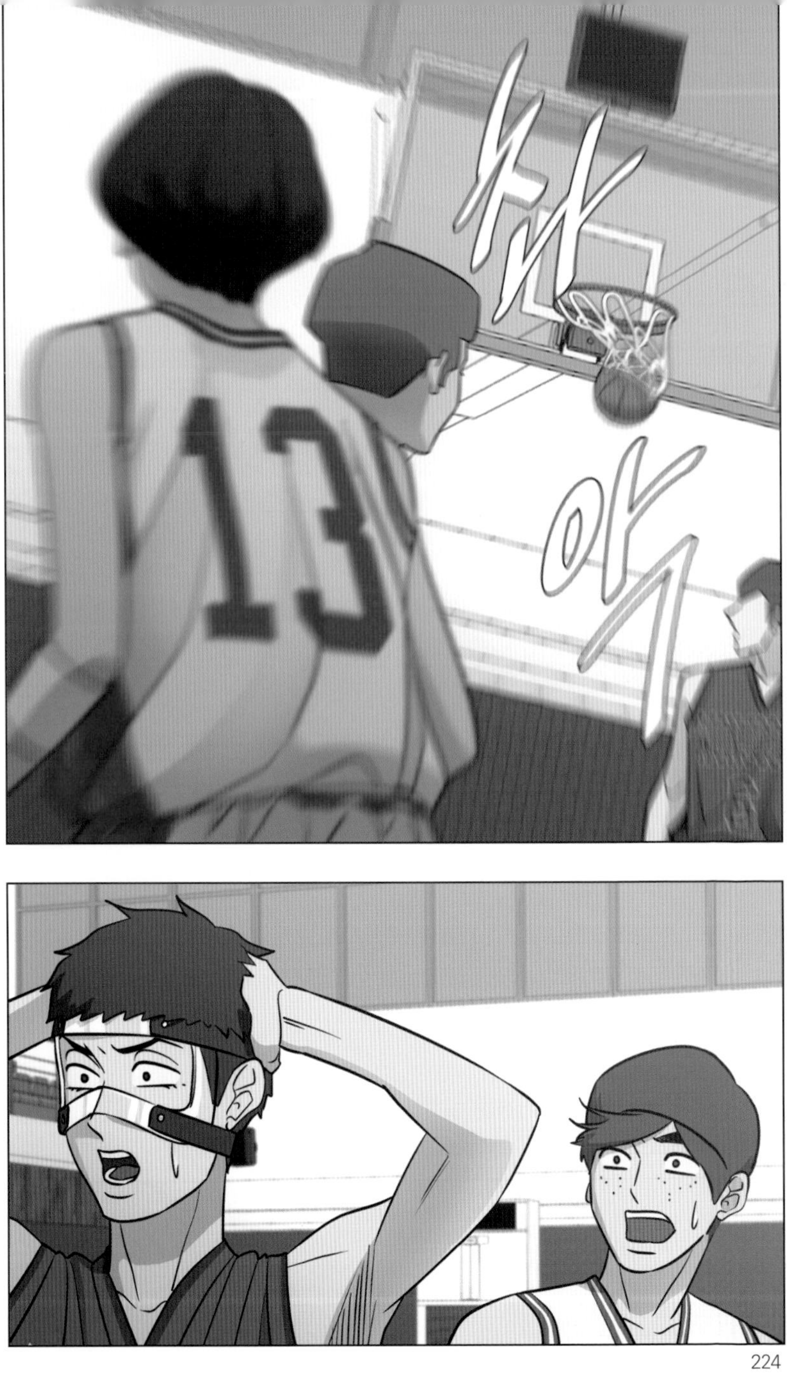

!!??

00 : 00

원중고 지상고

1

26 : 22

와아아아악!!!
페이드어웨이
스카이훅
쓰리포인트
버저비터다아악!!!
지상고
우승!!!

아 씨, 쟤 오늘
운빨 제대로네.
저런 럭키샷은
어쩔 수 없어.
잘했어,
괜찮아.

1쿼터
4점 차라…

지상고로선
상당히 선방했는데?
운이 많이 따르긴
했지만.

야, 얘들아!
지금 하늘이
도와주고 있는데
이대로 끌려갈 기가?

2쿼터에 잠깐이라도 좋으니까는 한번 리드 만들어보자고. 오케이!?

예.
자, 자~! 얼른 역전하고 2승 올립시드아앗!!!

조용히 좀 말해라, X팔리게….
뭐가 X팔린데!?
에휴, 됐다.

감독님 저쪽…

11번이
나오려나본데요?

박교진이랑
교체되는 거
같아요.

선수 교체로
재유를
막아보겠다는
건가….

진재유가
신유고전에서
일대일로 꽤 많은
득점을 만들었다
얘기는 들었지만
재석이가 손도 못 쓸
수준일 줄은
솔직히 몰랐어.
그래도
이 녀석 앞에선
쉽지 않을 거야.
WONJOONG
11
11 2학년
우수진
185 정도
수비전문
공격능력은 평범

07 : 59
원중고 지상고
2
28 : 24

협회장기 땐
안 나왔던 거 같은데

수비 전문이라고…?
WONJOONG

뿌듯
그래도 한번
어느 정도인진 보자고.

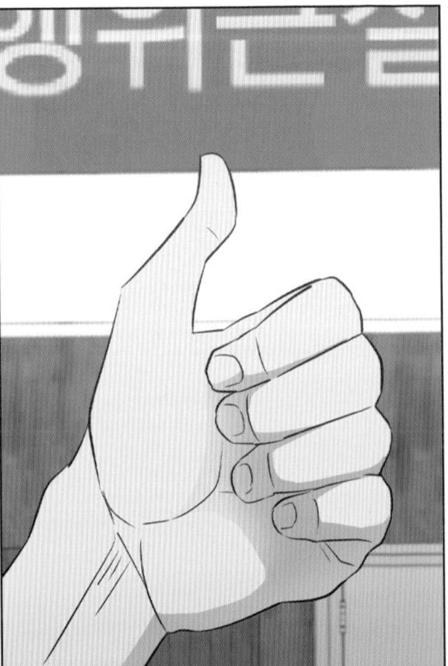

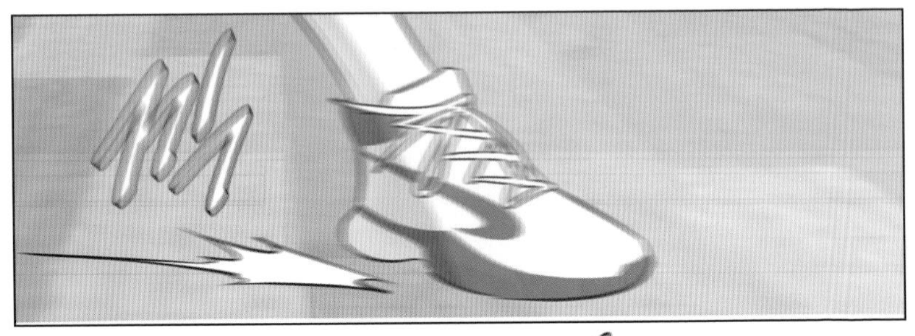
씽

타앙

스텝백!

2점!
재유 햄!!!

나이쓰샷~!!!
아무도 나를 막을 순 없으셈ㅋㅋ
USANG

07 : 48
원중고 지상고
2
28 : 26

하하, 비밀 병기처럼 등장하더니 별거도 아이네~!
일대일로 아주 그냥 박살을 내버립시다!
안 돼.

일대일은

더 하면
안 될 거 같다.

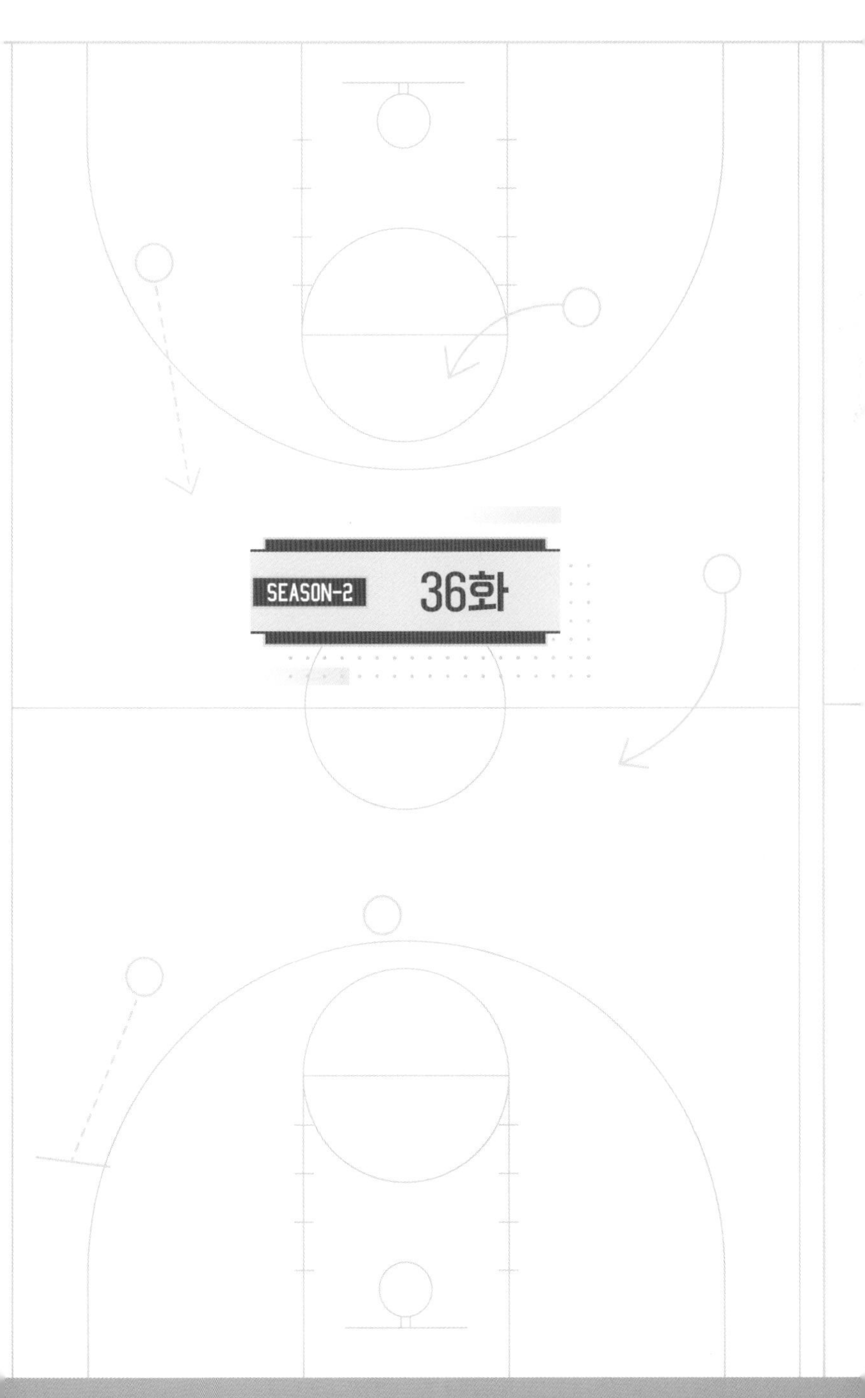
SEASON-2
36화

GARBAGE TIME

점마…

사이드스텝도
빠르고

돌파를
밖으로 밀어내는
힘도 있고…

그리고
뭣보다

스텝백에
빠르게 반응하고
거의 완벽하게
컨테스트했다.

마치

다음 행동을
알고 있다는 듯이.

06 : 47
원종고 지상고
2
30 : 28

……
준수….

하…
조금만
더 해보자.

절대 못 이길
수준은 아이다.
확률이
낮아진 거뿐이지.

이쯤에서는
한번…

점퍼를…!

!?

오케이!
마무리해!

스윽
06 : 34
천중고 지상고
2
32 : 28
나이스!

오, 뭐야?
저걸 손댄다고?
완전 뜬금없는
기습 풀업이었는데…!

수진이….
공격력이 애매해서
경기에는 자주
쓰지 못하고 있지만

*퍼리미터 디펜스는
팀에서 영중이 바로
다음이라 할 수 있는
수준.

특히

드리블러에
대처하는
능력만큼은

*외곽 수비.

영중이
이상이다.

우왓!?

와, 아까비!

거의 뺏을
뻔했어!

정말
봤던 그대로네.

영상으로 예습한
보람이 있어서
다행이야.
협회장기전국남녀중고농구대회 1일차 지상고 : 조형
조회수 28회
댓글 4
섯맨 25 : 34 〈-트레블링인데 이걸안잡아주
잼민이
개못하네 내가 다 이길듯
Memyl Mark-Cox
very impressive, but can you do dur
알뜰한남자
흰팀 21번 농구화 정보좀
바보
정규골대인가요?
JOONG

손재주가
없는 건
아니었는데
이상하게도

아!?
하하, 바보!
옛날부터 드리블을 잘 못하는 편이었다.
……
짜증 나.

내가 못하는 거는…

니들도
하지 마.

아!?
턴오버다!
영중이 형!

오케이,
열렸어!

쇼타임!

리버스 덩크
조져버려!

06 : 20

원중고 지상고

2

34 : 28

나이스!
나이스!
에이,
리버스 덩크하라니까!
짝
짝
이게
대체…

재유 햄이
이래 쉽게
막힌다고…?

지상고 이거
힘들겠네요.

31번은 협회장기
경기부터 지금까지
전영중한테
지워지고 있고
31
4

진재유의
일대일까지
막히기 시작하면

득점할 방법이
없는데요?
그나마 조재석이
아직까지 안 터져서
다행이지

재유 햄!
힘들면
나 한 번만!

한 번만 뭐?
일대일
한다고?
끄덕
끄덕
UISANG
TISAN

안 돼.
아 왜!?
내 오늘 뒤로
떤져도 드가는
날이라고!
아 한 번만!
한 번만!!!
참
하라고 해

행위근절
척
후후
JISANG
13

재석아, 너무
나가지 마!
재 슛
별로야!
WONJOONG
오케오케!
고교농구대

아 망했음.
리바 준비.
뭐고?
정희찬이
일대일?
에이씨 진짜….

뷩X 오늘
좋은 꿈이라도 꿨나?
아인데
완전 나쁜 꿈
꿨는데!?

?

바보들.
원래

꿈은 반대라고.

3점!?

없어!

리바!

에엣!!?
미,
미친놈이…!
도박하듯이
막 떤지지
마라고!!
06 : 08
원중고 지상고
2
34 : 31

아~ 드디어
긴 슬럼프가
끝이 나는구만!
툭
툭
JISANG
13
이게 내
원래 실력이다
이 말이야~!
13번 3점
세 개째…???
쟤 슛 못하는
애 아니야?
며칠 전에
우리랑 할 땐
거의 못 넣었는데…?
JISANG
JISANG
대체 왜…
아니, 어떻게
들어가는 거지…?

9권에서 계속

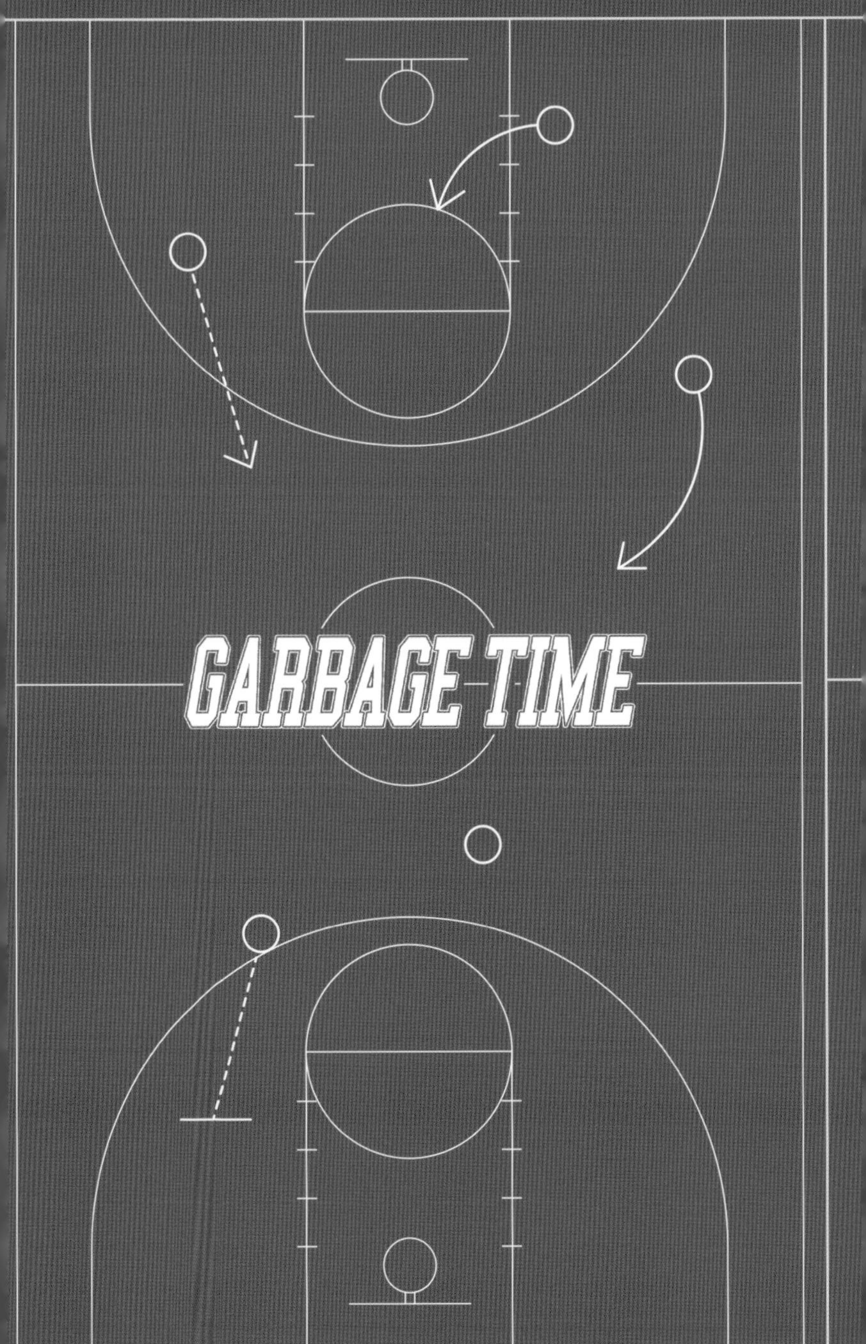
GARBAGE TIME

가비지타임 8

초판 1쇄 발행 2023년 11월 15일
초판 3쇄 발행 2024년 8월 7일

지은이 2사장
펴낸이 김선식

부사장 김은영
제품개발 정예현, 윤세미 **디자인** 정예현
웹툰/웹소설사업본부장 김국현
웹소설1팀 최수아, 김현미, 여인우, 이연수, 장기호, 주소영, 주은영
웹툰팀 김호애, 변지호, 안은주, 임지은, 조효진, 최하은
IP제품팀 윤세미, 설민기, 신효정, 정예현, 정지혜
디지털마케팅팀 지재의, 박지수, 신혜인, 이소영
디자인팀 김선민, 김그린
저작권팀 윤제희, 이슬
재무관리팀 하미선, 김재경, 윤이경, 이슬기, 임혜정 **제작관리팀** 이소현, 김소영, 김진경, 박예찬, 이지우, 최완규
인사총무팀 강미숙, 김혜진, 지석배, 황종원 **물류관리팀** 김형기, 김선민, 김선진, 전태연, 주정훈, 양문현, 이민운, 한유현
외부스태프 정예지(본문조판)

펴낸곳 다산북스 **출판등록** 2005년 12월 23일 제313-2005-00277호
주소 경기도 파주시 회동길 490
전화 02-704-1724 **팩스** 02-703-2219 **이메일** dasanbooks@dasanbooks.com
홈페이지 www.dasan.group **블로그** blog.naver.com/dasan_books
종이 더온페이퍼 **출력·인쇄·제본** 상지사 **코팅·후가공** 제이오엘엔피

ISBN 979-11-306-4683-1 (04810)
ISBN 979-11-306-4680-0 (SET)

다산북스(DASANBOOKS)는 책에 관한 독자 여러분의 아이디어와 원고를 기쁜 마음으로 기다리고 있습니다.
출간을 원하는 분은 다산북스 홈페이지 '원고 투고' 항목에 출간 기획서와 원고 샘플 등을 보내주세요.
머뭇거리지 말고 문을 두드리세요.